拜读人间

BAI DU
REN JIAN

袁继伟 著

黄河出版传媒集团
宁夏人民出版社

图书在版编目（CIP）数据

拜读人间 / 袁继伟著. -- 银川：宁夏人民出版社，2022. 12

ISBN 978-7-227-07733-6

Ⅰ. ①拜… Ⅱ. ①袁… Ⅲ. ①诗集-中国-当代 Ⅳ. ①I227

中国国家版本馆 CIP 数据核字(2023)第 001297 号

拜读人间 **袁继伟 著**

责任编辑 杨敏媛
责任校对 陈 晶
封面设计 文飞燕
责任印制 宋 华

黄河出版传媒集团 宁夏人民出版社 出版发行

出 版 人 薛文斌
地 址 宁夏银川市北京东路 139 号出版大厦（750001）
网 址 http://www. yrpubm. com
网上书店 http://www. hh-book. com
电子信箱 nxrmcbs@126. com
邮购电话 0951-5052104 5052106
经 销 全国新华书店
印刷装订 四川金邦印务有限公司
印刷委托书号 （宁）0025187

开本 880 mm×1230 mm 1/32
印张 7.5
字数 150 千字
版次 2023 年 5 月第 1 版
印次 2023 年 5 月第 1 次印刷
书号 ISBN 978-7-227-07733-6
定价 48.00 元

投映诗行的希望之光（序）

蒋　涌

《拜读人间》是袁继伟的又一部诗集，先前她已出版过《心执一盏灯》及与诗友合著诗集《六弦琴》，并被诸多文本选刊，对于一个“一年三百六十日”都潮汐诗思的诗人，她似乎不肯就此罢休，生命在，诗行在，这是一种个性、韧性和灵性。这部诗集分了三个专辑：“拜读盐都”“拜读山川”“拜读岁月”，诗人突出了“拜读”这一主题词，或为虔诚，或为述怀，或为看取世间万象的一种态度。对此，细心的读者多少看得出：她摆正了自己立身为人的位置，在天穹之下，在父老乡亲面前，在信则有、不信则无的神灵眼底，保持了一种谦卑，一种敬畏，一种红尘过客的礼仪。诗人的姓名中虽然冠上了一个“伟”字，却未曾妄自称大，她明明白白在超自然力量面前坦陈自己的柔弱、单薄和渺小，面对人生的喜悦与忧患，每每百感交集，于是在心灵中，笔舌下，喷吐出诗句，诗行，诗章。

不过，笔者在诗集的主题词“拜读”中，仿佛看到了另一个同音、不同形、不同义的词汇“摆渡”。不是吗？诗人驾驶着一叶生命之舟，不断地在寻觅，苦索，追寻，穿逡浪花水沫，由此到彼地逐岸，它既象征不甘虚掷岁月的励志和不肯屈就平庸的高傲，也呈现出守持生命志节的自强不息。如是，袁继伟的诗集则不但有“拜读”，也有“摆渡”，一现一隐地存在“双主题”，也是她诗思所言及与默许的“二元结构”。这亦可视作题外之话，或许也是一把连诗人本人也未必意识到的解读其诗作的钥匙。是的，既然“诗无达诂”，便何妨保留一片见仁见智的余裕空间。

笔者认识袁继伟可以上溯三十余年，当年她似乎曾在象征一域权力中心的北苑大院某单位供过职，而且我还听见过我所敬重的一个姓周的同事夸奖她，说她文学、音乐、美术都有一手，或留一手，总之，他给她打的分值挺不低。不过，这事儿对笔者而言，就像被人指点着仰视过天空的一只飞鸟，鸟影远了，视线也移开了。笔者与诗人打照面的概率，大约三五年一次“相逢开口笑，过后不思量”的彼此招呼一声的机缘，这浅浅的印象，当然也未因淡忘而泯灭。真正加深对袁继伟的“个人印象”的时节，是她所师从所尊敬的本土诗坛的舵爷李加建先生激情澎湃地拨响他珍爱的“六弦琴”之时，也就是那一部袁继伟与她的另五位师兄、师弟、师妹合作的诗集《六弦琴》，袁继伟是其间音色独特、不可或缺的一根弦，或代表一个音域段位的鸣响时空的音阶。李加建是诗坛大腕，他从来习惯以眼光仰视苍穹，并高傲地飞牧诗群于“听云楼”，他提携、他激赏、他推介的每一记后浪，都是我等庸常之身不敢小视的灵韵不凡的才子与才女。补几句题外话，笔者也曾有过凭无师自通的诗作扬名于巴掌大的乡城的少年纪录，但苦于行路难而贪图安稳度日，便在被组织选调到北苑大院工作以前，如戒烟、戒酒一样戒掉了诗歌，乃见文人或文化单位如不熟识、如无必要，总是能绕道就绕道，能躲开就躲开，苟全一己，怯于靠近扬名之群，害怕涉足闻达之地。因为，在过去很长一段岁月，写诗、作文的人，就像头顶一乘华盖，罩在身份低了的人头上，远非美事。好在如今海晏河清，写诗的人不仅头顶星辰，周身光耀，还饱享绵绵不尽的“清平乐”，可惜笔者与诗失之交臂，回望徒有怆然，但对诗人及其杰作的羡慕与敬重依旧保留至今，至少懂得投以注目礼。但是，苦于尘世奔波的慌忙，致使阅读本土诗人杰作的功课，不知不觉一片荒芜，荒废，面对涛声轰鸣震岸的生猛后浪，我等的诗魂早已扑毙在下游的沙滩上。等到袁继伟不弃卑微，赐大作于我“拜读”，我已毕露手足无措的惶恐不安，亦难掩江郎才竭之羞，亦不敢失敬贤之礼，算得是老身“急煞”。

愚以为，就诗歌而言，它是句质的较量，要写得优雅而独特，追求的是不可替代的唯一性，须得符合美学尺度的表述达标，并有直指人心的炼句。从这个意义上讲，袁继伟一路在追求，一直在升华，付诸了几十年如一日的精诚匠心，无疑是难能可贵的，至于她达到的高度、美度和精度，则属于方家和她的诗友们切磋的有益话题，我不敢班门弄斧，站在门槛外打肿脸充胖子，留一个被诗人们挥笔讽刺的话柄，乃至被投掷飞镖的文靶。取读者的角度，我觉得袁继伟的诗行略带豪放派的文痕，这大概属于“存在决定思维”，生存环境与人生经历会影响到书写风格的形成，原因诸如：诗人是性格爽快的“重庆妹子”；她成长期间，诗行、宣传和文学的界线每每是未得厘清的模糊，甚至是着意为之的“合二为一”，“人性论”和“小资产阶级情调”是大批判的矛头的锋芒所指；她在职场上是为组织吹号的喇叭手，主唱、伴唱都属于合唱歌曲或交响乐章，职场需要所养成的习惯会多少导致书写的定势，公文和私文久而久之就混装一堆，混写一体，这也是一种年代印痕；她的恩师李加建除却以致“ABCD……代替芳名”的抒情诗属于婉约派外，其他诗作总体有豪放派倾向，不少诗作还散发

“以步枪发言”的火药味，而这位诗艺高卓的恩师在指挥和弹奏“六弦琴”时，欣赏她角色“弦”亦是“宏”而“亮”的。另举一个辅例，著名作家、编剧廖时香青少年长期浸泡艺人圈，且有“躲进小楼成一统”的闭关修炼，他的文韵受益于此而卓尔不凡，既有丝弦管竹的清越，又有曲水流觞的温婉，致使敞怀裸胸当风而立的山东大汉，也一度不辞车马劳顿远道来访他心目中的因文生情的“南国淑女”，这也就是阅世、阅文淬炼出的个人风格。既为风格，便很难分清孰优孰劣，而男性变柔、女性变刚的反串，也是自成一家的表达艺术。袁继伟的诗风有几分女中英豪的特征，既然它连识见高于凡俗的诗坛毒眼李加建亦大加称道，我们随之鼓掌喝彩亦不悖于理，不违于礼，可以合情合理地成立，袁氏诗风自然可以身着正装登临大雅之殿，她的诗题可以由报幕员字正腔圆地力推，她的诗作可以潇潇洒洒地进入舞台节目和报刊栏目，显然它属于百花丛中的一类，一簇，一朵，值得我辈俗眼以赏之，击掌以赞之。

一介诗读者，笔者对诗人与杰作，一向是敬之兼佩之。至于袁氏诗作可圈可点的妙处，比我高明的当属她的诗师、诗友，她的追星族，诸君的案台上，坤包里，衣袋中，均标配着一管朱笔，一管墨笔，至少有一管签字笔，他们划出的波浪线和点赞圈，当然比我更精准，高妙，醒目，我继续当学唱的鹦鹉反而显得笨拙可笑，不如见好就收，全身抱拳告退吧！

2021 年 4 月 2 日

蒋涌，实力派作家、评论家，已发表各类文学、评论、新闻作品近四百万言。作品多次获得全国、省级文学奖项，其中长篇小说《穿云鸟》（2011 年 4 月由重庆出版社初版，2018 年 8 月再版）获“中国知青作家杯”全球征文一等奖，入选《中国知青作家杯“十佳散文”获奖作者专辑》，另有《富顺才子评传》《清流》等散文、杂文、评论专集等问世，长篇小说《荒墟与虹》（《穿云鸟》姊妹篇）已出版，引起强烈反响。其他众多作品收入各类当代选集。

1 / **投映诗行的希望之光（序）/ 蒋　涌**

第一辑　拜读盐都

第一辑

拜读盐都

拓盐者

你的身影，出没于荆棘丛生
乱石泥泞的羊肠路
荒山野岭，星月指南
顺着山势的走向
窥探土地的秘密
你像一只嗅觉灵敏的犬
不放过蛛丝马迹
又似一位医师，望闻问切
掂量、把脉，拷问岁月
亦拷问沧海桑田

一柄深凿的铁锉，试图
揭开泥土厚重的面具
只有依靠智慧和力量
才能拨开疑窦
拨开真伪
拨开似是而非

如果，石油是动物深藏不露的
造化

琥珀是植物，不动声色地蛰伏
那喷涌而出的黑卤，犹如
大地母亲的乳汁
则是苍天赐予的恩泽
赐予生长于斯的盐都儿女的
幸运

开拓者的心血和汗水
如涓涓细流倾注深井
难以计算的风餐露宿
难以煎熬的饥寒交迫
难以述说的失败和痛苦
破解了自流井，即
自流盐卤的神话
那只是一个美丽的传说

盐，悄无声息地占据百味的鳌头
放咸了平淡的日子
谁能品味一粒盐中的苦辣酸辛
谁能解读掘井人锲而不舍的
秉性
拓盐者，一生纠缠于盐井
咸涩的苦恋，那沉默的身影
低调，足以匹配一座
无字碑的气质

2020 年 4 月 15 日于盐都星河

烧盐工

高温的灶房，灶膛
燃烧着地球吞吐的火焰
平锅的胸腔不时发出
卤水沸腾的汩汩声
像一曲浑厚的男低音
在盐场回荡

蒸汽笼罩黑夜白昼
雾状的水缭乱春夏秋冬
抑或数九寒天，北风呼啸而来
也分辨不清
沿着你坚硬肌体流淌的
是水汽，还是汗滴

一块围帕，免去衣服的裹挟
烧盐工用尽一生的力气
熬走了星星熬走了月亮
熬走了青春熬白了鬓发
辛苦中熬出了倔强
平淡中熬出了生活的味道

你一生沉浮于盐场的命运
在水与火的煎熬中
把自己生生地煎熬成
一粒晶莹的盐

2020年10月18日

盐碱石，分明是一盏血红的盐灯

一铲铲，一钻钻
挖掘千年时光
高浓度的盐卤浸泡、腌渍、折磨
盐井的石头，早已血肉模糊
我从残缺的井沿
抵达你的千疮百孔
听见疼痛的战栗
低沉的呐喊和暗涌的汗流
锥心，刺骨

昆仑山的冰雪，孕育了和田石
温润成玉
自流井的盐卤，熬炼了
苦难的碱石，凝聚亿万粒
盐魂的晶莹
发光的盐碱石，分明是一盏盏
血红的盐灯
穿行重重叠叠的黑暗，星星点点
照耀一座城池的土地、人文、历史
以不朽的骨头，奠基

一座都市的底蕴
以嶙峋之身，辉煌昔日的光彩
憧憬光亮的未来

2019 年 1 月 6 日于盐都植物园

盐茶古道

一叠叠嶙峋的石板
一个个坎坷的故事
一凹凹深深浅浅的足印
一朵朵泣血的鹃语
盐茶古道，是缠绕云贵高原
一条长长的脐带
盐，是脐带上跳跃的
星辰和火焰

铜铃摇响马背上的岁月
蹄声棱角分明
用铁掌叩问山谷的苍劲
疾风裹挟生命的颜色
渲染荒坡野岭
熊熊篝火映红走马汉子
黝黑的脸膛
颠沛流离的日子
落进幽深的荆棘丛林
如同火中取栗
唯有鸟鸣唱翠的绿叶

和遥远的家乡
送来一丝清爽，一缕阳光

2018 年 7 月 30 日

盐井河

咸味浓稠。有人以舌尖试水
更多的盐都人，在水里打捞生活
水里藏生死，涌情仇
露狰狞，存险恶

老船工内心装着茅屋和口粮
一丝柔情鼎力号子的铿锵
生命鼓足白帆，撕裂风的衣裳
闯荡二十四滩，伴随惊涛骇浪
望娘滩头，一步一回望
回望，心碎的娘

干涸的河床，像父亲
露出嶙峋的肩膀
一肩挑起沉甸甸的井盐
一肩挑起白花花的银圆
白骨血汗，苦辣酸甜
丈量，盐井与繁华的距离和劫难

除夕夜的盐井河，莲灯开放

点燃盐工朴素的愿望
中元节的盐井河，慈悲为怀
试图超度，意欲上岸的灵魂
还乡

2019 年 9 月 11 日

火井王

一盘石磨成就鼎力相助的排子炮
炸响一个惊世的奇迹
火球腾空，一团团轰然出井
金色的火舌不停地绽放，绽放
像金丝鸟吉祥的翅膀
斑斓钻井人金灿灿的梦想

磨子井，日产百万立方可燃气体
以己之力，支撑四百多口盐锅
同时操办丰盛的大筵
无愧恢宏大气的王者风范
熊熊火焰，火了盐场
火了商埠，火了码头旅舍
火了茶馆酒肆
火了老街，火了自流井
火了一段流金岁月

磨子井，这盐都盐场最活跃的火眼
燃烧整整八十一载
一九三六年，它把生命中的

最后一粒火星
留给了难分难舍的盐场
如今，枯竭的眼洞
盛满了诉不尽的回忆

2017 年 10 月 27 日

天车·盐都的脊梁

向下，穿行黑暗
向上，渴求光明
你的高度，决定盐井的深度
摩天一尺，掘地三米
破译大地与天空的秘密

你的温度，暖热辘轳
偕同黄牛兄弟，钻井汲卤
你的硬度，至今挺拔
举起“还我河山！”的战戟
如耸立的高架炮
震慑入侵的敌机仓皇而逃
一段保家卫国的佳话
抚慰满目疮痍的土地

四海赞誉，东方的埃菲尔铁塔
而我看到，民间捆扎艺术
精心塑造地地道道的
中国元素群雕，顶天立地
盐都的脊梁，以杉的铁骨

与风刀雪剑较量
天车，俨然盐都盐汉子的写照

2019 年 6 月 5 日

大公井及其华丽转身

朝霞溢彩。金色的日光
和血丝的目光笼罩井
巫师宽袖长袍，奉香祈福
高处燃火焰，低处涌黑卤
紫气升腾，吉兆初现
大公井，捋顺智慧的计算
将力量注入镳铲
卓筒跃跃欲试
不敢忽略，一杆尖锐铁锉向下洞穿
300 米暗物质的疼痛
公井不负众望，以美味和品质
捧出绝佳的回报
此刻，光阴之驹穿行两千年前
东汉时期的荒原

因为美味，井盐从百姓的厨房
迁徙紫禁城的御膳台
因为品质，公井奉为贡井
穷乡僻壤华丽地转身贵地
贡井的地理名号

嵌入华夏辽阔的版图
没有什么比载入史册更具光彩
我依恋贡井盐的美味
沉浸天池寺的悠悠钟声，怀想当年

2019 年 10 月 12 日于贡井

记忆深处的海王星

时间定格：一九三八年“九一八”
这个特殊的日子，盐业巨子
范旭东，亲手发射一颗海王星
闪耀巴蜀的天空
誓以盐的品牌，盐的光泽
洗濯渗进民族骨子里的奇耻大辱

挣脱侵略者的魔爪
拆机器运设备，从津口迁徙
川南丘陵深坳，摒弃原始与落后
埋头自贡张家坝研创平锅制盐
像一位苦难的母亲
在乱世中孕育
繁衍氯化贝多胞胎
兴盛盐氏家族
实业救国的壮志，冲击
满目疮痍的秋

凝聚的坨盐，凝聚团结的意念
闯荡釜溪二十四滩

搏击长江天堑，抵达荆楚前线
力量注入枪膛，子弹呼啸战场
高亢的川音震破敌胆

沦陷战火罹难中的芥民
浮肿乏力，尝尽寡盐的凄苦
渴望《海王星》
像渴望，救命的药引

2020 年 4 月 25 日

盐的荣光

残酷的大扫荡，梳篦一样之后
退守深山老林的豪杰英雄
餐风露宿，枯瘦
如风雨中飘摇的虚竹
而缺盐少米的肠胃
累及羸弱的身伛，虚脱成
一条条蠕动的生物
濒临绝境，白骨低于泥土
残忍不停地拷问
生存还是毁灭的命题

云贵高原隐秘的盐马古道
险要关隘，一场争夺食盐的搏杀
腥风血雨扑来
密集的枪声，闪光的刀剑
生命匍匐，鲜血迸溅
凝重了一粒盐的价值与内涵

特殊的战争年代，盐的晶莹
胜过金银财宝耀眼的光芒

当战斗砥砺寒潮时
盐，犹如一粒革命的种子
为举起燎原火炬，抗击外侮的臂膀
强健筋骨，注入彪悍的战斗力
鲜活的生命力
和中华民族的大义

盐的胸前，无须披挂
功勋章或红绶带
也从不炫耀，曾经川盐济楚的荣光
只是默默地行走在平淡的
油茶柴米之间
低调地深掘，挖潜
不遗余力地
捧出，如梦的未来

2019 年 8 月 15 日

盐的晶莹穿透时光

盐史馆飞檐重阁，像精雕的巨鹏
张开双翅，接纳远古
跋涉而来的盐锅、井灶
深潜峥嵘岁月的釜溪
打捞歪脑壳船舟、竹筐、扁担、木桶
顺着碓架、铲子、爪钩、圆刀
铁镫开凿
世界第一口超千米深井

我惊叹！不仅仅是顿击式钻头的
冲击力，更钦佩意志与三叠纪岩石
与时间，与挫折，来回地较量
看月光、火焰、泥土、铁锈
托举起沉甸甸的富庶和银锭
盐都不会忘记
13000 个盐井儿子的丰功伟绩
卓筒井的贡献，重于文字的记载
工匠技艺的精髓，沉淀盐卤的底部
刻意地，精益求精
那沉稳的定力，孑然浮华之外

两千多年来，有形无形的宝藏
充盈盐史的库房
请怆然接纳，天车嶙峋的杉骨
黄牛苍老的尸骸
盐工的厚茧，汗水，血泪和创造
聚集盐之魂魄，无不让人仰望

请宽厚接纳，一个匍匐盐都土地上的
异乡人，对盐的膜拜与虔诚
盐卤渗透血脉流淌
光亮我的前路与归程

2019 年 10 月 16 日于盐都

苍老的老街

釜溪河畔，盐卤弥漫的老街
佝偻的身影，几度被繁华遗弃
沧桑的黄桷树，盘虬凹凸的堡坎
枝叶挂满盐的龙门阵
老工友，倾情斟碗老白干
一边叩响花生米，一边吆喝杠子令
天天把夕阳喝醉
脚踏青梅竹马的青石板
土墙瓦屋内
怀抱星星酣然入睡

老街，一条岁月流淌的笕管
与盐场相依为命
卤水养大的鸟儿，羽翼丰满
早已远走高飞
只留下老盐工固执地守候
像守候暮年的老妻
守候，最后的生命

2017 年 4 月 26 日

老街的梦想，沿釜溪徐徐展现

文化的指尖轻轻地叩响
老街的书局，老盐井的深喉
发出欣慰的回音
盐都的本土作家，捧出一枚枚
盐土地生长的丰硕果实
一篇篇页码铺满深刻的乡情
一粒粒文字饱含智慧的结晶

厚重的千年盐文化底蕴
丹青一轴美丽的图景
欢腾的釜溪河岸，紧锣密鼓地
种植一柱又一柱栋梁檩木
为川南民居，穿上青砖的衣裳
戴上灰瓦的帽
大红灯笼的配饰
经文化浸淫的春风吹拂
如愉悦的风铃摇晃
雕窗阑干回旋
游移白色的安全帽
参差的飞檐翘角间

老街的文旅梦想，沿釜溪
徐徐展现

2019 年 9 月 4 日

卧波桥听语

落日悬垂，卧波倾听
釜溪的前世今生。夕晖张家沱
鼎沸的人声依旧围困码头
贩盐的舟楫比肩，桅帆如林
用繁忙和拥堵标明
昔日盐都的昌盛
远处，船工号子余音袅袅
近处，亭台楼阁川剧锣鼓铿铿锵锵
酒肆杯盏交错，醉翁红云飞脸颊
茶馆盖碗品茗，欢声笑语贯穿龙门阵
商店秉烛掌灯，生意举起兴隆
旅舍远客小憩，内心拨弄如意算盘
风很躁动，闹市很喧嚣
老街，熙熙攘攘

流金岁月以盐井的枯竭而变脸
釜溪陪伴着老街，退守沧桑

霞光流溢，卧波聆听
春天的脚步声来临

抬望眼，高处祥云簇拥宏图大展
低处枯木逢春，鹊鸣落地
卧波长桥架起一帘彩霓的梦
老街又青衣蓝顶，披红挂彩闪亮登场
一折文旅戏唱得有声有色
有板有眼，酣畅淋漓

2019 年 10 月 10 日于老街

盐都王爷庙

王爷庙依山临水
凭借风水宝地
聚集本土盐商，抱成一坨盐
举石犀，镇守釜溪
扼咽喉险要
锁财富，锁运气
锁住自流井的繁荣
与狂风恶浪博弈

繁华在盐粒上开花
文化从深井里挖掘
年年元宵灯节，媲美银河璀璨
流光溢彩，喧闹一城
观灯、品茗、赏景
苑中池，池中山
琉瓦闪耀，河水含笑
鸟鸣唤醒精彩的往事

龙门阵沉浮青绿茶水，泛动涟漪
品味一粒盐的前世今生

2019 年 5 月 25 日

西秦会馆

风尘仆仆地穿越黄沙
钻进千米深井
一群西秦汉子相信
一粒盐，可以托起一个梦

一边是戏台上，锣鼓喧天
上演诡谲的变脸
一边是戏台下，心思缜密
演绎看不见硝烟的商战
会馆门前，精雕细琢的石狮
向世人昭示财富和实力
那底气来自盐井
亮晶晶的银沙，和
明晃晃的银锭

重重飞檐翘角，隐藏多少
闯荡异乡的江湖传奇
惊心动魄的圆梦故事

蛰伏池塘，生动睡莲花
神秘地，闭合又盛开

2017 年 5 月 25 日 于盐都

井神庙

远古时代，梅泽持弓箭
射虎豹射豺狼
射出一眼盐泉
从此，蜀南的丘陵盛产
深深浅浅的卤井
星罗棋布的盐灶之花
热火朝天地怒放
昌盛一城池，繁荣一都市

人们用本土的泥融合本土的盐
修建一座庙，雕塑一尊神
点燃一烛内心的崇拜
感恩的心绪，萦绕天际

时间，彰显历史的评判
民心若镜，自有明鉴
有的人，被由衷地供奉为神明
有的人，则从神坛上跌下来

2019 年 4 月 28 日

釜溪河

挣扎丘陵挤压的狭窄缝隙
纤弱之身，大度融合
揽涓涓细流入怀，汇溪成河
壮大的身躯，担当起井盐运输的重负

晨曦拍打着暮色，从沙湾至张家沱码头
桅杆林立，百舸争流
集结成千上万的盐汉
号子响亮，吆喝星星，追赶月亮
闯过仙滩、沿滩、老鸦滩
驶向汹涌澎湃的大江大海

每一块石头，浸渍船工血汗的民谣
每一处险滩，响彻纤夫生命的呐喊
苦水流干，河的脊骨凸现
那形态，像一副勤劳的扁担
一头挑起坨盐，一头挑起银锭
挑成川南的外滩，四川的华尔街

你姓盐，名釜溪

以一滴水的情怀，润泽一方土地
以一粒盐的能量，托举一座城市
岁月的浪花捧出
一个又一个龙舞灯耀的传奇
发出千年喟叹

2017 年 3 月 8 日

张家沱

挑盐夫身负重担
驮马帮，踏出一凹凹印迹
石板，石梯，石坎
洒满汗水和泪水
一路坎坷地跋涉
源于生活也源于命运
观音崖慈悲为怀，步步生莲
宽厚一条长长的古盐道

神灵庇佑，幸运的金挖耳
掘出一座金盐矿
火神爷执掌的盐井
流转一个集市
燃旺一条老街
一河的记忆，抵达岁月的纵深
回旋成沱

2017 年 7 月 24 日于盐都

老　井

喧嚣与沸腾，早已熄灭
葳蕤的荒草
肆无忌惮地围缠着
老井，满目凄凉

被掏空的井
像一位被遗弃的老人
白昼，守着孤寂
黑夜，虚怀峥嵘的往昔

月光下
草丛中的蝉虫
不停地聒噪
试图唤醒岁月的记忆

2019 年 1 月 15 日于盐都

盐都思盐

坐在釜溪河边，我心如桨
摇过樯帆密织的岁月
选择一个点，像星轨一般落座河床
取下如镰钩月，挖掘盐的宝藏

在盐都，只需把脉一粒盐的温度
足以摸清盐脉的走向
只需勘测一口井的深度
足以洞察一粒盐的胸怀
只需打量一架天车的高度
足以仰望支撑盐都天地的脊梁

世界第一口 1000.42 米的深井
彰显掘井人的智慧和名字
穿越历史的天空
13000 口卤井，依靠神的庇佑
和大地的恩赐，馈赠如此的大礼
盐都得天独厚
两千年来，银沙如山如瀑
哪一粒，不可以化腐朽为神奇

失衡的季节
金属的光芒高高在上
掩盖了世间所有的颜色
盐，披一身素衣
沉淀深井，自省，求索
脚踏实地行走柴米油茶之间

梳理体内的烟波、水草和旋涡
低头沉思，昂头吟诗
我用生命去衡量——盐的力量
我用生活去掂量——盐的重量
我用灵魂去歌咏——盐的品质
盐，从不曾离我们——远去

2017 年 4 月 12 日于盐都

彩灯之城

1

熠熠的彩灯炫舞旋转
像流窜的星星翩飞
恢宏的场景浩瀚如海
疑似天上银河落人间

我游入一波波流光溢彩
把欣赏的目光斟满酒杯
与川流不息的人群一起，品味
中国年文化的大餐
流连元宵春夜，不醉不归

2

自贡灯城举一盏彩灯
像一位光明的使者

亮相地球的村村寨寨
在五湖四海的橄榄树枝上
挂满艺术的精品
惊叹汹涌澎湃

彩灯架起友谊的桥梁
文化浸润心灵
一场场巧夺天工的彩灯盛宴
点亮漫漫黑夜
点亮黑夜中的眼睛
点燃眼睛里的火焰

3

竹篾、蚕壳、药瓶、瓷器
在扎灯人的手中变幻
熊猫憨态可掬恐龙活灵活现
井架通透，与光芒四射的生命之树
发出视觉的震撼
一个光明耀眼的神奇世界

冰天雪地里，扎灯人匠心编织
神话传说市井生活虫鱼禽兽花鸟树木
展现他乡异域
眼前是热闹非凡的灯光盛宴
内心是远离亲人的孤单
扎灯人的年夜

唯有雪花与孤独相伴
当凛冽的寒风捎来家乡的问候
在品味孤独的同时，也品味着极致

2017 年 4 月 17 日

灯的光亮

南国灯城源远流长
从汉时一路走来
民间艺术巧夺天工
扮靓一座晶体的月宫
荷花灯漂流釜溪
一条熠熠闪光的银河
惊艳地蔓延
人们从疲惫繁忙中
重返清澈明亮
一扫日子里的阴霾

视觉的盛宴，像磅礴的朝阳
给观灯的人送来光亮
灯城的人，人人心执一盏灯
从发光的涟漪里汲取光明的能量
濯洗灵魂的尘埃

彩灯，从草根蚕茧玻璃陶瓷中生长
经历火与土的洗礼
自成发光体的源，透明，锃亮

璀璨一座光明的精神堡垒
黑暗和污浊落荒而逃

2019 年 7 月 6 日

光　宴

今夜，谁将银河位移川南
掀起一场光的盛宴
月亮隐匿天幕大舞台
光弧的魅力，缭乱五湖四海
我渴望，炫目的光耀
光亮世态的天
光亮我内心的空
光亮太阳背后的阴暗

游轮像一条美人鱼，我如虾
漫游白夜，穿梭龙骨魔幻小径
张家沱欢声溅水
拍击卧波长岸
东兴寺大桥身披霓彩
高调地传递，一盏灯点亮
一座城的美好心愿
釜溪河，宛若一条苏醒的长龙
银鳞闪闪，逶迤蜿蜒

2019 年 9 月 12 日于自贡国际灯光节之夜

龙的故乡

因为光，解除了囚禁你
一亿六千万载光阴的黑暗
世界的目光，齐刷刷地聚焦
川南自贡大山铺的奇观

嶙峋的石头，露出峥嵘岁月
深刻的痕迹
再现喧嚣的侏罗纪时代
剑龙，翼龙，霸王龙
觅食，飞翔，奔跑，嬉戏的风情
那时刻，阳光明媚
桫椤，棕榈，沙滩，丛林同样明媚

也许没有比地狱魔鬼
更疯狂的暴戾
也许没有比世间的纷争
更残酷的杀戮，惹天怒神怨
灭顶之灾的命运
掩埋一个万古之谜

因为梦，沉睡的巨龙苏醒
千年盐都复活龙的乐园
龙的故乡，生生不息龙的传人
龙的血脉汩汩注入
科技，化工，高铁，古镇
繁花锦簇的新城日新月异
腾飞的龙，依旧是昂扬的王
中华民族崇拜的图腾

2019 年 7 月 9 日

恐龙之谜

石头上的龙族
复活大山铺的庭院
侏罗纪很长很长
长不过依恋家园的深情

头顶紫薇王冠，脚踏银质沙滩
你，依旧是龙都的王
或被猎奇宠爱一生
或被时空的利刃屡屡伤害
虚幻的那场灭顶之灾
布满迷惘的光影
至今悬疑解密的钥匙

抛弃敬畏之心
像抛弃一片枯萎的落叶
无异于自掘毁灭的坟茔
历史也许再次上演
抑或，不可一世的王
结局同样深不可测

2017 年 6 月 17 日

桫椤与恐龙的对决

绿波起伏，烟岚氤氲
桫椤，站在公元 2019 年的时间节点
风姿招展，俯视着脚下
支离破碎七零八落的尸骸

曾经不可一世的王
随心所欲，亮出霸主之剑
撕咬吞噬一个又一个弱势族群
以为砧上肉，腹中餐
一场不可言状不遗骨屑的结局
不言而喻

宇宙掀起的狂野
掀起比杀戮更残酷的颠覆
演绎沧海桑田的变迁
桫椤像一位柔而不弱的母亲
大行天下之至坚的韧性
把腥风血雨锁进长梦

时光荏苒，谁把微笑
种植时光之上

2019 年 1 月 3 日 于盐都植物园

三多寨，梨花纷繁

1

日照牛口山威风凛凛的城堡
1300 丈城墙披霞挂彩
三月的风，是兴致勃勃的游客
贴近墙沿 2555 个垛口
观六路，听八方，一览天下
峻岭的仙洞吐露当年的珍藏
记忆牵出当年，一群舞刀弄枪的盗贼
细细打量悬峙峭壁的 3 丈高墙
面对易守难攻的险要，悻悻而退
那晚，山顶佛祖寺的钟声荡漾……

三姓盐业巨子李、颜、王
耗资七万银两，构建川南第一城堡
那苍穹式的石拱门
守护着一个安居乐业的田园梦
守护着一个多子多福多寿的人生梦

守护着一个传世的密钥

2

猎奇的线索引见
箭楼，炮台，瞭望哨
我跋涉山路，跋涉世事的蜿蜒奇巧
仰视钢铁，俯身古井
意欲洞察深藏的秘密
观望雕栏玉砌的退思堂
高宅大院紧锁多少豪门恩怨
盐卤的咸涩浓缩又弥散

落座田边农家乐
家常菜的味道扑鼻而来
腊肉香肠冷吃兔泡鸭蛋
白玉豆花低吟浅唱
垂涎收获季的实惠和喜悦
生态蜜桃糖梨甜橘
稻谷玉米花生麦面
小磨香油绕梁山岗，清芬难耐

3

季节的拐角处
梨花，忽如一夜纷飞雪

渲染一幅祥瑞清浅
飘零的花瓣，像珠贝镶嵌
绿茵。桃花妖艳
突兀一片洁白中
热烈奔放的油菜花
铺陈一匹黄金绸缎

斜倚青翠欲滴繁花似锦
稚童似蜂蝶飞舞乱窜
欢声笑语乘纸鸢
金龙、紫燕、苍鹰扶摇蓝天
三多寨的梨花风筝节生机盎然
城里人车水马龙，纷至沓来
活络乡村文旅经济
活络日子丰富多彩
活络人气
丝毫不逊于
精雕细琢的灯火阑珊

2019 年 3 月 26 日于大山铺

漫步釜溪河岸

吟诵小憩，意犹未尽
我与兰萱三五红颜知己
釜溪河岸，摄靓丽倩影
招惹芦花飞扬，弥散古盐道
移步曲折幽径，不时相遇
咸味浓郁的文物古迹

龙骨过江攀附三爷庙，飞檐绕阁
白鲫滩头，艄公撑杆扁舟
笑谈，提供道具也提供有偿服务
可见市场经济深入人心
半山石阶盘旋，绿蔓环绕接官楼
池水垒石拱卫，看客
须恭恭敬敬地仰视
我们收敛起红尘欲望
执一朵心莲，转角高墙
虔诚地走过法藏寺，干干净净
结束此行

无论归与行的路
有了历史的积淀，更加厚重和踏实

2019 年 12 月 27 日于盐都

釜溪河畔咖啡屋

釜溪河畔，现代科技魔幻曲径
以玛莎的灵感，闪现侏罗纪
一堆沧桑的石头
化身一道靓丽的龙骨风景线

对岸，红房子咖啡屋
招展宗吾的旌旗，接纳草本茶叶
将酒精的喧哗基因排斥门外
艺术的原木架上
本土种植的书籍枝叶繁茂
字里行间，闪烁智慧和光辉
壁凿的市井方言，盐味四溢
此时，拿铁溶解古卤
另类标配伴侣
苦中寻觅，千年盐文化的甘甜

当人造烟雾弥漫升腾，迷惑夜色阑珊
一颗梦的启明星，渐入佳境

2019 年 1 月 23 日于水涯居

凤凰，振翅腾飞

——采风凤凰乡花语人间

春风吹暖釜溪河岸
盎然的土地
大塘山，繁花似锦
花语呢喃
新颜的芬芳飘逸人间

灵水冲击的凤凰坝
一只凤凰亮相
浴姹紫嫣红的火焰
涅槃
吉祥的金凤凰
活力四射
旋舞一帘蓝图，缤纷五彩
凤凰，振翅腾飞
直上九天翱翔

农户拆开封闭的栅栏
村村铺筑致富的道
一次又一次，投入风雨中的搏击
不忘追逐初心的梦想

看阳光下，一排排房舍如雨后春笋
树高，河清，花艳
水榭廊桥，鱼塘垂钓
开放的梧桐树，枝叶繁茂
乡亲们，凭借泥泞中的打拼
催生一节又一节的芝麻迸发
开花啦

2018 年 4 月 14 日于凤凰乡

青龙湖畅想曲

浩荡春风，捎来采风的佳讯
我们驱车徐徐驰行
22 公里的环湖道一路诗意
我听见山坳的黄桷树
古老而深情的歌吟
一条青色的长龙
历经数十载的深度修炼
蛰伏盐都东北的丘陵

别惊扰，深潜的鱼群
我的目光追随鹭鸟，逐波嬉戏
沉浸香樟林的馥郁
遥想那座黑黛青瓦的百年古宅
镂空窗棂兰菊浮雕的优雅
李庄，穿越井盐历史的繁华
我仿佛看见书香飘溢
文化学堂的身影渐行渐远
又渐行渐近
迎接强力崛起，东来紫气
大气魄挥动大手笔

龙乡人的梦想与憧憬交织

待春雨润泽东部新城
我们再次走进青龙湖
泛舟垂钓，漫步云中栈道
跑步，骑游，徜徉
猎奇丛林野营
鸟语花香的旅游度假天堂
青山碧水簇拥着青龙
凌空飞翔

2020 年 5 月 28 日于青龙湖畔

冬天的玫瑰海，飘溢的芬芳沁园春

1

寒冷的冬天，团结镇生机勃勃的土地上
一片玫瑰海，傲然的花朵
从疏枝散叶中露出美颜
挂满雨滴，仿佛晶莹剔透的珠玑
抑或娇嗔委婉的伤感
我俯身倾听花王的心语

你说，我要冲破狭隘的围栏
曾经，一枝玫瑰表达情人节的馈赠
一束玫瑰，传递相思的爱恋
99 朵玫瑰，恰似浪漫情怀的表白
在这里，一百六十万株玫瑰
燃亮一片海，将大爱撒向人间

你说，我要放下王者的身段
做一个亲民的王，博爱的王

以高贵雍容招来蜂蝶飞舞百花朝拜
车水马龙，游人纷至沓来
圆弧的哥特式建筑群
教堂、迷宫、精致的美人喷泉
优雅地接受冬雨的洗礼
楚楚动人的溪流环绕曲桥
一群年轻人如游鱼徜徉
放慢生活的节奏，享受静谧的田园

头沐细雨，手挽微风
我与文朋诗友移步凌空玻璃天桥
180 米长桥仿佛通透的天路
一端连接刺激，一端连接勇气
我飘然若仙，观赏风景
一串串惊悚声中蹦跳新奇的情趣

2

怀抱憧憬的土地气象万千
流转红利像月季花开月月红艳
采摘的乐趣流连瓜果棚地
兴旺鱼塘垂钓，农家餐厅
最可叹，本土生长的白萝卜黄生姜
披上国家地理称号，声名远扬
栖居田间的鸟儿，奋力打造金饭碗
飞翔的翅膀日益丰满

遭遇庚子疫情寒流的袭击
深刻了对生命对自然的珍惜
青龙湖、桂圆山庄、玫瑰海
合力举起一支笔，饱蘸磨砺的馥郁
渲染一处处景点，串联
燊海井、恐龙馆、恐龙神奇乐园
一条珍珠链合成一组锦绣词
与天府旅游经典对韵
一个个挥洒汗水深耕细作的故事
扎根盐都东部的土地，缔结丰硕的果实

2020 年 12 月 4 日采风团结镇玫瑰海

观音湖，荡漾春天的诗韵

观世音，洒净瓶一滴甘露
幻化一泓湖，滋润阡陌田园

春天是词牌
击退凛冽的贫困
愚昧缴械。小令春风
吹散落伍的理念
引来凤凰栖息
幽幽的草地，青青的山峦
开放希望的罗兰
绚丽一条乡村旅游之路
蜜蜂一样辛勤的银锄
栽培虞美人和生态农庄
水波潋滟的修辞
也美不过此时此地

蝴蝶翩翩，从四面八方飞来
乐此不疲，流连忘返
观音湖，荡漾春天的诗韵

飘逸永安小镇
盛开一张张朴实无华的笑脸

2018 年 3 月 18 日于永安镇观音湖

镜　湖

狮峰山下，镜湖仰望着天空
收纳飞翔的鸟鸣和杨柳的柔情
我轻轻拂开飘浮的白云
探寻湖底的昨日
绿杨酒家，滴翠茶楼的烟熏火燎
棋牌酣战已被湖水洗涤荡尽
喧哗拼命挣扎，折戟沉沙

高筑的堤坝，拓展的石坎
竖立起一面诫示的墙
阻拦那些不顾一切，舍身
跳跃悬崖的水滴
名利与风险
从来都是一对孪生的姐妹
追逐与伤害
犹如盛开的并蒂玫瑰

镜湖，像一位大彻大悟的智者
大隐于闹市，修身养性
它用清澈擦拭一面明镜

可鉴日月山川
可鉴芸芸众生

2019 年元旦于盐都植物园

五彩玫瑰

五彩的玫瑰
像一群娇艳的姑娘
热烈而奔放
一团团炽热的火焰燃烧

满园的百花黯然失色
一再退避三舍
我扶起一朵迷人的笑颜
像啜饮一杯陈酿的红酒
心猿意马的想象冲破栅栏

饱餐秀色，倾刻陶醉
缭乱的心，已然沉醉
扛不住的春光
拒不了的妩媚

2021 年 4 月 10 日于五彩荷园

尖山的桃花

水，摒弃从前的喧哗
聚集这里，静静地滋养
土石、花草与树林
拔尖的山，像一幅烟岚云岫的水墨丹青
诗意氤氲

春风的手指，轻轻一抚摸
尖山的桃花，呼啦啦地铺开
桃色惊艳，只一眸一瞥
就占据我的整个春天

邂逅一桃红，俘虏我的矜持
爱慕之情缠绕铁索长桥
一环紧扣一环
从此岸延伸彼岸
与海棠、梨花、玉兰
成为灼灼辞赋的主角

2017 年 3 月 12 日

平桥观瀑

山洪暴发
贡井城中的平桥瀑布
似黄河壶口一群脱缰的野马
嘶鸣咆哮，纵跃悬崖
浩浩汤汤

旭水河，既包容洪荒之蛮
亦接纳枯竭之泽
胸怀大度，无论生命的
高潮或低谷

圣人曰，上善若水
道法自然
平桥以朴实的青石
架起一座，人与自然
平衡的桥梁

2018 年 7 月 7 日

游葛仙山

庙坝地处内江，隆昌，大安
三地的边缘，像一朵空谷幽兰
坝不是平整的坝，抑或丘陵绵延
云雾缭绕，隐藏一座仙山
导游高山仰止的神情
引起我极大的疑窦和探奇

葛洪悬壶济世，治病救人
潜心修道，似一枝摇曳
红尘之外的青莲
一名爱慕的女子心灰意冷
投崖殉情的瞬间
药师飞身相救，坠下悬崖
化为仙人石

从此，一座山以人命名
一座庙，敬拜的香火如星
为一场舍身的义举

为一枚粉碎的玉
漫山遍野的药草青绿

2019年6月23日于自贡庙坝镇

老马奋蹄，疾驰千里之外

——致敬老诗人李加建老师

一叠 457 层的页岩
一部沉淀八十载春秋，厚重的深蓝
一枚枚繁体的方块汉字
像一块块挺拔的傲骨，迎风凛然
痛苦磨砺的笔尖，深刻思想的光辉
为真理而锋利，为正义而呐喊

血性与苦难，如同一对孪生兄弟
旧时光变幻莫测，风暴骤起
一匹奔腾的骏马
踏进历史部署的泥潭
命运绊倒，磐石般的黑云之间
百感炎凉，嘶鸣长啸
冷对滚滚尘埃，挣扎暮色苍茫
你，依旧头颅高昂
且把散碎的生命揉作慷慨长歌
引吭，太阳诞生的每一个早晨

老马奋蹄，疾驰千里之外
一路播撒正直善良的种子

挣脱镣铐，以灵魂舞蹈
为凹凸不平的人间
创造形而上的唯美风景

2018 年 5 月 27 日于盐都星河

注：李加建，1936 年 3 月生于四川自贡，居自贡。一级作家，著名诗人，享受国务院政府特殊津贴。主要作品有诗集《我在每一个早晨诞生》《人和大地》《东方诗篇》《李加建诗选》；另著有长篇小说、短篇小说集、杂文集、随笔集等。作品获多种奖项，被收入多种选集，有作品被收入大学教材。小传列入《世界华人文化名人传略》等多种辞书。

挖掘隐匿田野深层的文字

——听蒋蓝先生“非虚构写作与田野调研”专题讲座有感

所有的事物，并不是
非黑即白
尘世凡间，并非
小人与君子，一目了然
洞察中间的灰色层面
你启动非虚构写作的挖掘机
直面大地，匍匐田野
寻找蛛丝马迹
剥离一团团看似平凡而普通的泥石
伪装或包衣

伫立唐宋繁华盛世的土地
沐浴明清的月华
回归历史的原点
我要摒弃
二千五百万像素的照相机
用思考、思辨、思想去解析
事件踪迹的森林
质疑一片又一片，摇曳悬念的秘叶
个案，刨根究底，拷问真相

打通密道关节和记忆
构建新的格局．以真实冶炼出炉
多元而立体的方块文字
粒粒触目惊心．闪烁金属的光泽
流芳于世

2018 年 10 月 27 日于自贡

注：蒋蓝，自贡人。著名诗人，散文家。曾任《青年作家》月刊主笔、主编。作品曾获朱自清散文奖、人民文学奖、中国报人散文奖、西部文学奖、中国新闻奖副刊金奖、四川文学奖、布老虎散文奖。多部著作入选年度中国好书榜。

一个梦，坠入西池

——品读画家刘明孝《心有一亩田》画册

一个梦，坠入西池
根植一亩田
时间深处，莲的等候
迎来泼墨与丙烯颜料的浸淫
树起一面孤独的旗帜
清芬的蕊，吐露濯浊的花语
安抚蠢蠢欲动的浮尘
月色朦胧，灵气氤氲
仙鹤翩翩，惊醒几尾蛰伏的鱼
飞翔虚幻的意境

一只玄猫踏过琴声
音符如彩蝶纷飞
青瓷瓶花，铜枝烛台
以及笔墨纸砚
陶醉一场相逢的缘

花非花，蝶非蝶，我亦非我
若有所思的葵，探索另辟蹊径
唯美的天空中

一把古色古香的明式木椅
成为一种符号的象征

知命的倦鸟，在流水的转角处
邂逅春风
栖田园品味宁静
倾听竹韵潋滟
灵魂的丝线，串联一枚枚
日子的碎片，潜心一亩田

2018年6月6日于盐都星河

注：刘明孝，四川美术学院教授、硕士生导师，中国工笔画学会常务理事、中国美术家协会会员、重庆工笔画学会会长、重庆书画院院长、重庆市九龙坡区美术家协会副主席。

作品入选第八届、第十一届、第十三届全国美展。荣获第七届政府奖文华奖、中国小幅油画大展艺术奖。曾在四川省美术馆、重庆美术馆、成都了了阁画廊、新加坡Yunart画廊等机构多次举办个人画展。由人民美术出版社、重庆出版社、四川美术出版社等出版个人画册8本。在各类专业期刊、杂志上发表作品数百件次。

作品被外交部、四川美术馆、重庆美术馆、厦门美术馆、苏州尹山湖美术馆及英国大英博物馆收藏。

笔墨丹青总关情

——致自贡乡愁画家雷振刚

世间追逐黄金的脚步声
多么急促喧嚣，你充耳不闻
一心一意，专注盐的踪迹
寻觅古盐道
钻进崇山峻岭茂密森林

一声声颤抖的乡音
搭乘风的疾速
摇响一阵阵马帮铜铃
你用心去聆听，捕捉刀光剑影
一个个曲折惊悚的故事
呼应夕阳，铺陈凸凹不平的
山路，蜿蜒崎岖

你以竹管笔作锄，挖掘
或充盈或枯竭的盐井，如数家珍
骨子里的乡情沿着笔尖流淌
晕染岁月化不解的乡愁
遒劲的线条，勾勒出
盐山盐水盐都的市井人文风貌

凝重深邃。淋漓丹青
酣畅卤的内涵盐的本质
盐场的沧桑嶙峋
盐都人的壮志豪情
嵌入，抹不去的都市记忆

伫立于无声处，震撼如雷霆
一幅幅史画，如诗，如歌，如传
如碑矗立

2020 年 1 月 17 日 于自贡老街

注：雷振刚，祖籍重庆，居地自贡。中国盐文化研究中心特聘研究员、自贡市智库策划院专家、自贡彩灯功勋艺术家、四川省文艺评论家、巴蜀画派画家。作品多次参加全国及省级展览或发表，有多篇美术论文发表，创作自贡本土清末民国初至 20 世纪 80 年代末的《乡愁》系列美术作品 100 余件。

追逐生命的航程

——致华姐

风中摇曳的蜡烛
滑落一行行热泪
你说，那是生命的余温在燃烧
我知道，你的光阴弥足珍贵

医生的一纸判决，阻挡不了
你用心耕耘，第三部
诗集的孕育和出世
姐，你将儿孙的规劝置之脑后
用微薄的退休金
付梓油墨沁香的书籍
点燃那支蜡烛

釜溪河畔，玻璃书屋
一壶凤梨白果香汁与闺蜜诗友
充盈午后的时光，你
亮出手机荧屏
那艘风帆饱满的船
驶向蓝色的大海
粒粒文字似闪烁的星辰

照亮永远的里程
那是有限生命的无限延伸

2020 年 7 月 29 日于釜溪河畔书屋

致敬！仁和桥的建设者

冒着烈日，挥汗如雨
挖掘顽固的土质
种植一柱又一柱钢筋水泥
与梗阻的瓶颈之路博弈

粗糙的手掌，结出一方又一方茧疤
深蓝的工作服，涂鸦一团又一团汗渍
夜幕降临，我们与家人围坐餐厅
品味美味佳肴
而高高的脚手架上，一朵一朵焊花
依然绽放
双休的日子莅临，我们衣着光鲜
游逛公园欣赏美景
如火如荼的工地，钢锹铁铲
追星赶月，繁忙地舞蹈

他们，朴素的劳动建设者
收敛起羡慕的目光
克制流窜的心猿意马
心中只有一个朴素的愿望

早日架起立体的桥梁
为老幼的生命躲避
飞旋的车轮
为过往的行人提供
安全便利的通道
让南来北往的车辆
无忧无虑地畅行远方
为城市的居民
提升幸福指数的含量

今夜，仁和大道
矗立一座精美的立体景观
一抹绚丽的色彩亮相盐都的画板
银鳞闪闪的恐龙，匍匐广华大地
星月黯淡无光，游人欣喜如潮
穿越时光的隧道
透过苍穹之眼，我看见
大安的土地意气风发
古老的霸王龙，腾空飞跃
中华民族百年复兴的梦想路上
仁义与和谐
像春风吹拂我们的家园

2019 年 7 月 15 日

坚守灵魂的家园

田野凤凰翔舞，花海阡陌飘香
大安沃土，一群龙的传人
执着初心二十年
取龙骨为笔，汲盐卤为墨
招展信仰的旗帜
谱写深沉的土地

一群鸿雁，朝向文学的天空
练习起飞与翱翔
思辨从泥土里挖掘
萌动生命的文字
在脱胎换骨的痛与苦中
浸润，沉淀，磨砺
挣扎，嬗变，涅槃
坚守灵魂的家园
构筑一座又一座文学的高峰
像一粒粒晶莹剔透的盐
焕发光芒，遥向远方

2019 年 6 月 2 日

横卧成桥立为碑

——咏《贡井文集》出版

十年磨砺，一剑锋刃熠熠
文字出鞘的呼啸
源自大公井的底蕴，可以
随时凝固成银
可以瞬间融化为水
融入旭水河，汇聚平桥瀑布
冲刷浮华尘世
抵达心灵的家园

云上立意，灯下敲句
俯仰之间，像鸿鹄翔飞
二十三万粒珠玑凝玉石
横卧成桥，直立为碑

2017 年 4 月 11 日

竹丝扇

——自贡小三绝之龚扇

蜀南山水养育的竹
柔韧，水灵
剖析千缕青丝
编织万缕匠心
龚氏五代人的手艺
巧夺天工
精致百年时光
一丝不苟，光滑细腻

清凉隐匿竹丝扇
民间的风，淡雅，生态
拂醉京城宫墙柳
拂醉海外桂冠的珠钻
动，若蝉翼翩翩
静，若潇湘佳丽

2017 年 7 月 17 日

盐帮菜

从盐井打捞出的生活
拌花椒、海椒、葱姜蒜
加盐工的耿直豪爽爆炒
独具风味的盐帮菜烹饪出炉
盐帮菜要咸，因为盐工汗流多
盐帮菜要麻，因为盐场烟雾潮湿多
盐帮菜要辣，因为河道运盐风雨多
盐帮菜自成格调
颐养盐都人的血脉

火边子牛肉、冷吃兔
水煮黄鳝、粑粑肉
牛佛烘肘、豆花饭
葱葱鲫鱼、烧牛肉
散发诱惑的味道

一瓢釜溪水，炖一锅家乡的味
化解心中的块垒
运盐的小河帮，兄弟情深
大碗喝酒，嗨一湖义气

划拳声驱逐疲惫寒冷，和
世态的炎凉
盐都的日子像盐帮菜一样
辛辣、美味、快活、鲜香

2017 年 7 月 11 日于盐都

老街兔

老街的名号有多响亮
老街兔的味道就有多绵长
老店把兔捧成了头牌
流连食客舌尖　扬名火爆

冷吃兔入侵盐都万户千家
一个个家庭主妇深谙宝典真传
花椒辣椒三奈八角糖醋姜
葱段红油攻心围剿
把一家子的胃口悬吊
杨姐的女儿远漂异国他乡
牵挂冷吃兔，妈妈的味道
时刻念念不忘

于是乎，杨姐撸起袖子大干
快递自炒兔子一余包
穿行高楼陌巷，飞越岛屿大洋
只要有自贡人的地方，就有
冷吃兔的美味飘香

盐都人的年夜席
也少不了绝色佳兔的闪亮登场

2020 年 1 月 20 日于老街兔餐厅

豆花盛开

石磨欢快地歌唱
唱醒富顺的每一个早晨
古城的大街小巷
盛开白嫩的豆花花
清香送来阳光的暖意
这里的乡亲
只要清晨有了豆花垫底
就铆足一天的精气神

时尚的山珍海味
晕翻了酒桌
市容的外套日益阔绰
而朴素的乡亲
一直偏爱朴素的口味
一碗豆花，一碟香辣酱
舍不去的惬意，清爽
就像舍不去，内心深处
那一缕朴素的乡情

2017 年 11 月 20 日

再生稻之乡，或荣耀与担当

民以食为天。儿时饥饿的恐慌
盐巴水和观音土
好比心头一丝剜不去的伤痛
唯有活下去！才是最大的希望
粮食，宛若一剂维他命
每一粒米的光亮，闪耀着
生的渴望
如今地球村的旮旯角落
多少绝望的指尖
刨腹贫瘠的土地，洒下
泪珠一滴滴
阳雀呼唤爱的名义
张开丰衣足食的希冀

太阳神恩赐 23 度的温暖热量
赋予北纬 28 度的川南土地
牯牛勤奋，一分一分地深耕
铁犁担当，一寸一寸地掘进
倾力心血和汗水，浇灌再生稻
一茬稻谷上的二胎腋芽

像一对同胞姐妹花
以成熟饱满的胴体，回馈
富顺人的智慧和勤劳

怀揣袁老的鞭策，再生稻之乡
执着荣耀的信念谋略田野
挖掘土地的潜力
淬火种子的品质
蜀黍逐梦，构建大国粮仓
丰满百姓的饭碗

收获的喜悦撑起坝坝宴
甑子揭开乡民的笑颜
好日子在一碗碗豆花里绽放
堪比红红火火的香辣酱
人吟：锄禾日当午，汗滴禾下土
我诵：再生稻谷香，开甑底气足

2022 年 3 月 21 日

拜读盐都

1

咸涩的风，吹过蜀南丘陵的山坡
荒郊野外，汲卤的辘轳声低沉回荡
几头汉朝的老黄牛，拉着载卤的木车缓行
一行行车辙颠簸泥泞
播撒一路的盐粒
那微弱的光芒生生不息
闪烁一千八百年后
如火如荼的金焰
轰然点燃盐都辉煌的壮景

来自井神庙的晨钟暮鼓
一声声敲响辽远磅礴的记忆
仰望汲卤天车嶙峋的骨架，低头浏览
纵横交错曲折蜿蜒的输卤竹笕
谁也不能忘记，这片土地
13000 口大大小小深深浅浅的盐井
掏心掏肺，竭尽全力
更不能忘记，凿井，汲卤，烧盐

装袋，搬运的汉子
用生命和汗水熬卤水，熬骨头
熬铸盐的精魂
那恒久的光芒，支撑起盐都的荣耀
凝望沙湾的夜空
每一粒晶盐如同星星一样璀璨

流连燊海井焰阳井东源井
我在寻觅盐都盐，风雨沧桑的足迹
彼时，我的目光惊叹地落在
釜溪河岸的青石壁
冯玉祥将军奋笔挥就的遒劲大字
“还我河山！”
融入盐都商贾民众的大义
捐物资，捐现金，捐飞机
热血喷涌，献出的一片丹心
那些胸怀天下的盐巴装载船舸
像一支支离弦的箭，发射抗战前线
釜溪河绵延不绝的号子声
回荡山河，感动苍天
百年老街仿佛一部厚重的线装书
将盐的流金岁月载入史册

2

尖锐的铁器，叮叮当当的敲击声
揭开了大山铺恐龙窟的面具

考量成群的霸主遗骸
关于一亿五千万年前侏罗纪时期
种种哥特巴赫猜想，被晚风撕成碎片
留下一串串密码，悬疑诡异
方特恐龙科技乐园的布局
堪比八卦阵图更加迷幻神奇
如童话般美丽
东兴寺网红桥绽放一束束明媚的光焰
闪烁民俗传统文化的符号
高调燃爆盐都愿景的亮点
自贡灯会火树银花，流光溢彩
盛开地球村的村村寨寨
绚丽的光宴驱逐人们心中的阴霾

尖山的桃花铺开了春天的诗笺
撑竿飞龙峡，竹筏乘风破浪
白鹭展翅拂动双溪水，粼粼波澜
弥勒大佛俯瞰荣州，旧貌换新颜
三多寨纸鸢扶摇，梨花纷繁
玫瑰海吐露芬芳，争奇斗艳
富顺文庙香火兴旺才子辈出
仙市古镇延伸高铁的轨道
搭乘现代化快车奔驰希望的远方

3

在这片人杰地灵风景旖旎的土地上

我惬意品泉茶楼
与熟悉的青瓷茶盏深度聊天
那些天车古井前世今生的龙门阵
浓郁芽色的香茗
每每夏季，我駐足贡井平桥
观雨中瀑布似万马奔腾汹涌澎湃
恢宏之势犹如黄河壶口咆哮
我迷恋这城中罕见的奇景
倾听满城紫薇摇曳花语
娓娓讲述自流井的故事
讲述盐都人骨子里的铁锉天车卤井
还有老黄牛和工匠锲而不舍的传奇
把凿井人盐龙灯的精神
重铸盐都辉煌的故事讲给世界听

皎洁的月光洒落釜溪，星子闪耀
我打捞一网又一网深潜的诗句
谱写出一阕又一阕故乡的颂曲
一朵朵豆花缠绵我的相思
冷吃兔勾起我乡愁的柔情
盐都的一粒盐，放咸了我的一生
从此，我不可救药地坠入
一往情深的绝恋

2020 年 12 月 8 日于自贡星河

大安寨

一块块垒叠的石板
以一路坎坷抵达更多的坎坷
堆积的石头立于峭壁之上
把山与坡、盐巴、房屋、商铺
平安和云彩围进寨墙内
它收容了逃避、忧虑和心惊胆战
也收容了人间烟火和苦难

坚固的骑楼、箭垛、寨堡和炮台
在战乱祸患时
成为一种防备与抵御
一次又一次击退
猛烈的进攻、枪杀和掳掠
它明白，拼搏才是生存的王道

守着石头的人，终将成为石头
沉淀井底，守住盐的底蕴

"宏伟阔大，吉祥平安"
心中的向往，高于天车与云朵

2022年5月11日

天车遗址

形似冲天戟，挺拔屹立
骨骼的缝隙流淌岁月的痕迹
举头仰望你的人
分别用盐井的深度
卤汁的咸涩
梳理思绪的波涛，起伏，翻腾
让我常常怀念
一个流金时代的传奇

石碑的文字闪耀着青辉
历史的背景，环绕一片祥云
碑座四周，绿草茵茵
萌发出新的意境
盐工的后代，执念远方之约
站立天车的肩膀上
以杉骨擂响战鼓
举昨日的辉煌如炬，点燃
壮美的憧憬

2021 年 12 月 26 日于盐都

一粒盐

一日无肉，可�櫜咽素食
一日无菜，可吞噬白饭
一日无盐，无味寡淡，且像一条爬虫
软弱无力

一粒盐很轻，轻得微不足道
一粒盐很重，重得可以一己之力
托举起一座城市
一粒盐的故事很长很长
犹如釜溪河流的二十四道险滩
行程跌宕起伏
结局荡气回肠

盐物质深藏川南丘陵地脉
能感知地壳的运动，岩石的演变
岁月的沧海桑田
在盐都，有人殚精竭虑

试图解读盐的密码

为了盐而生，为了盐而活

至死，也没有从盐中走出来

2021 年 5 月 1 日于盐都

第二辑

拜读山川

听 风

风，扑面而来
吟哦草根的歌
时而低沉时而高亢
时而温柔时而雄壮
我静心屏息
倾听，风的声音

风中有火，也许森林知道
风中有情，也许月色知道
风中有泪，也许大地知道
其实风的秘密，只有风知道
就像一个人的秘密，只有灵魂知道

风，一直赶路，一路呼啸
生活，一直赶路，一路颠簸
我选择时而放慢
在心灵的旷野，在喧嚣与宁静的边缘
倾听，风的声音
呼吸，风的内涵

2020 年 6 月 25 日

大　海

风，痛饮浩瀚的孤独
放纵任性地狂野
以排山倒海般的呼啸，掀起滔天巨浪
一艘小船拼命地挣扎，摇晃
一而再，再而三地颠簸，颠簸
离颠覆，只一步之遥

所有的趾高气扬，所有的蛮横骄傲
在风魔面前，像惊慌失措的鸥鸟
命运滑出掌心，失控的动荡
正诠释什么是风口浪尖
生死的关头，白日悄无声息地
隐退云层的背后

我匍匐在甲板上顺势而为
忖度随波逐流的含义
劫后余生，早忘了忧伤为何物

面对波浪翻滚永不平息的大海

有一千种理由让我沸腾

只有一种，让我沉默

2018 年 5 月 9 日于大海航行中

书法帖

挥毫时，风云激荡
落笔处，气定神闲
笔画起起落落
如高山峡谷跌宕起伏

书写，亦有法度
横平竖直，不曲意媚俗
即使弯与折的谦卑
亦虚怀若谷
勾一旦亮相，便抽出
见血封喉的刀刃，干净利落
抓一把点点顿挫，撒豆成兵
布局长方形校场
梅花阵丰满了构图

一方方汉字力透纸背
纠结，莫过于“人”字的书写
撇与捺的高度
取决于姿态与格局

2017 年 3 月 18 日

颜真卿·书法

人执管笔书写
你擎扫帚，面壁
挥巨毫书法
选择一个不同凡响的
高度为起点
书字，如同书写人生

魂魄铸点，以豪情豢养章法
与你的性格有关
力主中锋挺立，决不卑躬屈膝
与你的脊梁有关
身处乱世，磨砺笔锋为剑
与你的执念有关

你把《多宝塔》《勤礼碑》
历练成圭臬
那大写的撇与捺

起势，展鲲鹏之翅

收笔，抒豪情壮志

2017 年 12 月 28 日

沉沉暮霭，是岁月研磨的墨色

纵贯古今书法。楷正襟危坐
像一位循规蹈矩的君子
撒一串匀称的黑珍珠
缀饰银帛
回顾篆，镌刻甲骨龟壳
淋漓悲壮的血迹
转隶之后
才解除以刀作笔的桎梏

崇黄山老松，观庐山瀑布
想象羲之游云行书
怀素狂草腾龙驭风
看似潇潇洒洒的挥毫
实则暗力从自然的毛边探出笔锋
直捣枯藤虬根的底部
流水，惊鸿，灵猿，剑术
从形象到意象乃至抽象的革故
每一次鼎新，无不触及
灵感的闪电和对自然的解读
历练的功夫

沉沉暮霭，是岁月研磨的墨色
夕阳泛黄，大地如生宣
长安碑林屹立书法艺术的峰巅
跋涉人迹罕见的旅途
寻求一条自己的路，步履维艰

2017 年 3 月 20 日

莲

环顾喧嚣的尘世
日益混沌
莲，披一件阳光风衣
站立成孤傲的旗帜
支撑体内不曾流失的白
风骨磨砺
愈来愈坚硬的根基

以洁抵御进攻的秽气
莲，将人间悲悯
熬炼成药，收敛入心
化解红尘痛者的迷失
漫漫长夜，莲的执念
像晶莹的露珠
与星星交相辉映
熠熠荷园，闪闪涟漪

2017 年 5 月 27 日

莲　玉

颂词席卷娇容
躁动加速硕叶的枯瘦
满塘的污秽超乎想象
浸淫立足之地
我心中古典的美
渐行渐远

世风凋零荷色
莲蓬包裹一道绿的防线
守身怀玉。以月华濯洗
高贵的秋实
最能通泰魂魄的慧根
气质自内外溢

穿越颓败的残局
莲子的品质如此生动
玉含冰心，苦口良药
灵韵氤氲，清平自乐

2018 年 6 月 27 日于蓉城

胡　杨

昂扬的金黄，盘踞荒原
令荒原不荒
蜂拥而至的观光客
赞叹一串串溢美之词
挽起驼铃风吟
合奏大漠交响曲

清冷月光下，笛吹笙箫寒
沙尘暴无情肆虐
尸骸零乱成一座座坟茔
你伸展残肢断臂
挺立一屏屏嶙峋的墓碑
大风刮过的苍凉
吹弯我的遐想我的脊梁
摧不倒胡杨倔强的头颅
托举不朽的灵魂屹立三千年

2018 年 10 月 15 日

渡

冷冷的风
像一只无情的手
伸向娇艳的花朵
花瓣如雨，纷纷坠落
漂泊，追逐
追逐，漂泊
湖面泛起挣扎的躁动

不轻言搁浅
岁月的险滩
不沉湎纠缠
昨日的苍白
执生命之桨
荡开水花烂漫
渡你——梦达彼岸

2017 年 12 月 20 日

朝　山

宝顶山上的石头
都是活菩萨，心如明亮灯盏
或立或坐或卧，俯瞰人间千年
蜂拥而至的香客
各怀各的心事，朝山

一个背负包袱的人
沉重压低了头颅
一个心机持重的人
途中趔趄了一下，面色顿时煞白
黑暗狰狞的十八层地狱
众生伫立轮回的转盘
或捂住心跳，或低眉垂首
或目空一切

下山，一位皓首白发的老者
两袖清风，步履轻灵如飞
走在世人的前面

2019年2月9日于宝顶山

森林之夜

一块顺风顺水的宝地
成为觊觎的猎物。目中如此漠视
依附土地的老树，以及
依附老树的鸟巢，与离离芥草

一个月黑风高的夜晚
锋利的斧子亮出强势，树倒
倾巢覆卵，血腥的味弥漫
孤鸟绕树三匝
发出悲痛欲绝的哀嚎
似利箭击穿森林的心脏
伤感的雨滴淅淅沥沥
淋湿梦境中的大地

捧起散落的枯枝
像捧起老屋破碎的瓦砾
我苍白的战栗
像一束风中摇曳的芦荻

2018 年 2 月 28 日

燕雀之梦

燕雀无法企及白云的高度
有限的空间，逼迫它们
一头扎进崖石的罅隙
艰难地觅食
蚯蚓吃力地躬耕游移
一群蚂蚁，围猎一粒残渣骨屑

燕雀的梦，没有炫目的光环
没有艳丽的色彩
朴实无华的生存之梦
从高山之巅跌落荒原

极目远眺，几只鸿鹄翩翩
搭乘背景强劲的风，惬意飞翔
燕雀小心翼翼地提防
风雨、流弹、鹰犬，以及
有形无形的网

2018 年 4 月 1 日

套　路

老眼昏花。垂暮的老人
多患有眼疾
只看见阳光下的善良和殷勤
却不曾厘清
太阳背后的阴影和陷阱
狡狐精于算计
为挖坑的套路披上合法的外衣
愈发扑朔迷离

一枚鸡蛋，二两干面
三五声甜言，七八句蜜语
专业的话术绝配诱饵的道具
迷惑一群又一群上钩的鱼

梦醒时分，被置于砧板的鱼
沦陷任人宰割的局
花白的乱发与掏空的钱袋
在绝望的风中飘零

呼喊，挣扎，距离生命的悬崖
一步之遥

2017 年 6 月 28 日

盛宴，熙熙攘攘

繁华之处，盛宴熙熙攘攘
来来往往的心思
各有各的盘算
觥筹交错的意图
充斥啤酒泡沫，虚伪膨胀
利益，是实质的核
隐匿混沌之间

比如檀，一边与你握手言欢
一边暗地发射吸血盘
不露声色地吞噬，毫无戒备的你
而一味迷恋，炫目光环
掩映下的高贵香貌
你像一只神魂颠倒的小鹿
掉进诡谲的魔幻
却不知巨大的危险
正悄悄逼近

2018 年 1 月 26 日

错　位

除夕夜的盛宴
挣脱丁酉鸡喙的尖利
台上，金缕衣
踏着昂贵的银币出场
场内由冰点转为沸点
缭乱的辉煌，风头盖过
苍茫的大地，盖过
默默躬耕的铁犁，和
嫦娥蛟龙高科技

价值观的迷惘
持续发酵
像一棵悬浮的树，本末倒置
冬雪下的火焰，欲燃欲动
试图焚毁约束的紧衣
颠覆被颠覆的错位，回归

2018 年 2 月 25 日　除夕

乌　鸦

天幕开启，我听见一群乌鸦
飞来飞去的聒噪声
一团乌烟，朝向铜的异味
奔跑，瘴气游移
它们恣意挥霍，贫血的蝼蚁
造设的天堂

一根火柴的光焰
像划过暗夜的一道闪电
一把来自民间的利刃
一层一层剥去伪装，揭露
比乌鸦还乌鸦的灵魂

乌鸦煽动漆黑的翅膀
翻白为黑，覆黑为白
虚妄成物质和精神的贵族
石子质疑，哗然生变
大地一片悲哀
世界一片茫然

2018 年 6 月 12 日

聊　斋

泪眼婆娑，我仿佛看见
熊熊燃烧的火焰，滚滚浓烟
裹挟猩红的花瓣
邪气封闭了生的命门

敛财的诡异，手段来源于灵堂
操纵同情心的泛滥
一步一步，精准踩点
舔舐人血馒头的节奏，消费
连接地府冤魂不散的宴

善良的阳雀从衍生的暗物质里
读出密码的诡谲
如梦初醒。发出悲愤与怒鸣的声音
逆流成河，波浪滔天
一道闪电化作利剑
劈向万众唾弃的斜柳
任凭败絮飘零风中，失魂落魄

2021 年 8 月 1 日

解放碑

回到故乡，瞻仰解放碑是必修课
从小聆听解放碑的钟声成长
钟声，不仅仅报告时光
那是命运交响曲的激荡
或致国殇
或演奏民族大义的乐章
英雄志士的生命和骨头
混凝成伟岸的石碑
一段刻骨铭心的历史
贯穿一代人的信仰
周围的人和物，满怀崇敬和仰望

而灯红酒绿缭乱人间的目光
财大气粗的楼宇高耸入云
冷眼俯视低矮的碑
观览时尚的潮流
老钟已归隐南山
历史，亦成为历史
内涵稀释成一枚繁华的符号
鲜有人知建碑的初心

2018 年 2 月 27 日于重庆

朝天门，访淘石者不遇

那位濯洗江水，沙里淘石的老者
你去了哪里？
连同黄沙滩绿柞林
亦不见了踪影
只留下，水泥砖头堆砌的帆船
一副现代铠甲的钢铁侠
立于寒意料峭的江边
沙滩上的城堡，深深浅浅的脚印
童年的欢声笑语
产生一次次逆流冲撞或回潮
拍击真实惊醒的梦幻
借问船行何方？
炫耀的霓虹灯，闪烁其词
朝天门石阶的攀缘者
一步一回首，泪眼蒙眬
遥看鸥鸟
飞向夜色的深处

2020 年 11 月 26 日

成都掠影

从盐都迁徙成都蜀汉路
一拐角，我撞进黄忠小区
误入诸葛的八卦阵，沦陷三国迷离

如今，我搬至东坡大道
漫步琼楼街，绵延玉宇路
我与东坡先生举樽对饮，陶醉诗词格律

拜谒杜甫草堂，瞻仰武侯群雄
听浣花沧浪翻腾诗歌的浪潮
望江亭旁，打捞薛涛井
铺陈桃红笺，染红锦江天边
你吟，窗含西岭千秋雪
我诵，蜀翔神鸟万丈焰

我像一只徜徉锦城的蝴蝶
缠绵悠久的历史底蕴，左右逢源
汲取的真气，让人平添剑锋豪气

2020 年 8 月 25 日于成都

成都的街景

春光召唤
我，站在公元二〇一九年的时间节点
尽情浏览

古筝琴声伴蜀汉长裙
纤纤细步，穿越青石板的锦里
离离草堂笙箫悠悠
仙气飘逸，大唐霓裳羽衣
民国旗袍婷婷袅袅
仪态万方，像一枝枝摇曳的莲
荡漾浣花溪，风雅一河涟漪
乞丐裤肚脐服招摇春熙路
吊带T恤超短裙逍遥太古里
恍惚，胡琴携手钢琴演奏
唐诗宋词与互联网联姻

五月的成都，潮流荟萃繁花似锦
我欣赏，有容乃大的情怀
和靓丽的绰约风姿

2019年5月26日于成都

旗　袍

婷婷袅袅，荡漾一窑青花
一塘荷色，一缕唐宋风雅
多少痴迷的眼神
沉醉赏心悦目的堤畔

江南的玲珑，京城的丰满
酝酿一坛百年的芬芳
我从中嗅出一滴清泪的怨
渗透旧时的委屈和忧伤
遗留的悲痕印迹衣襟
乌鸦恣意泼黑的污渍，如墨云
试图隐去你的光彩
却掩不住，东方淑女的温婉

生活不会拒绝美
我的衣橱，珍藏一笼闭月羞花
撩拨一池沉鱼落雁

2017 年 7 月 9 日

游

你意欲，征服世界屋脊
日行万步，借助红景天强体能
我渴望，登量子号邮轮
亲近波光粼粼的大海

你攀缘天际线——飘
我摩挲地平线——游
踏遍天涯海角觅萱草
翩飞彩云之南
采灵芝仙药，洗涤凡心尘埃
滋润一朵白玉兰的心田

乘风寰宇
剪三千尺霓霞裁丽裳
揽八万丈白云披香肩
一米阳光，孕育灵性的文字
摇响一串诗意的风铃
唤醒人间沉湎的山峦

2018 年 3 月 8 日

温 泉

九皇山上大大小小的温泉池
像撒落一地的花瓣，姿色正好
孟春，乍暖还寒中
风尘仆仆的游客扑进温暖的情怀

冰凉刺骨的冷水池
拒人于千里之外
热气腾腾的高温池
弥漫蒸汽浓烟。超越挑战时段的
我，和更多更多的人
选择了中温池，舒适平和

一排排泉眼口吐莲花
轻轻地按摩。骨刺收敛锋芒
骨骼隐藏棱角
泡澡的人像一团酥软的肉泥

如果，世态像温泉一般柔情
我愿卸下所有的铠甲和利器

抑或，变成一只温水里的青蛙
也宁愿放弃，临近死亡的挣扎和抗击

2019 年 4 月 7 日于江油九皇山

游药王谷花溪

传说，药王谷山花烂漫
辛夷无拘无束
狂野的本性，肆无忌惮

缤纷地遐想，我渴望领略
迷魂的草药芳香
唤醒我日渐迟钝的嗅觉

狭窄的山路，又堵又塞
二十几公里的钢铁长龙蜿蜒山道
直至暮色降临，我们心心念念
也不曾如愿
自然或人为地干扰和阻碍
让人猝不及防，超乎你的想象

2019 年 4 月 8 日于江油

雅女湖

妒忌的风，长舒广袖
撩拨涟漪心动
雅女湖依偎在瓦屋山峦的怀抱
回应三分羞涩，七分傲娇

初夏，清浅水瘦
婀娜身姿，仍不失少女的风采
滩涂菜花为绿莹莹的裙摆
镶嵌一片金黄的绸缎
盛夏，上天眷顾深情的雨露
滋润胴体，孕育丰满
雅鱼儿闺居幽谷，名扬四海
世世代代的瓦屋人，为雅女湖
渔歌唱晚
我抑制不住内心的冲动，为雅女湖
诗情泛滥
美，藏在深山

2020 年 6 月 3 日于雅女湖畔

仙草园

仙草园悄无声息地
为病态的尘世生长解药
灵芝、百合、石斛、银杏
厚朴，一棵又一棵
我叫不出名的青植
露出仁慈的善念

赤褐伞盖的灵芝图腾下
我感慨，爱情至上的白娘子
舍命盗草救许仙
一个美丽的传说诵唱千年
叹息今日的灵芝，你可否挽回
纤尘不染的爱情

遵循神农本草的启示
每日晨起，我空服灵芝孢子粉
加生态蜂蜜，滋补
日益麻木的心，助力耳聪目明

突围重重雾霾瘴气
纯净瓦屋山，总是给我意外的惊喜

2020 年 6 月 15 日

银发一族与清凉的约会

钢筋水泥的密度
围困汽车尾气的热度
撺掇增高初夏的温度
助纣为虐酷暑季
银发一族弃闹市逃离
赶赴约会，清凉七里坪

一幢幢橘黄色的避暑洋房
像一簇簇靓丽的天堂鸟
栖息绿荫环抱的山坳
喧嚣止躁于枝繁叶茂
这里，适宜原木桌椅
一把紫砂茶壶，三两只茶盏
七八枚毛峰裸泳山泉
邀老友畅谈，龙门阵越摆越长
情似茶水，君子之交
邀日月聊天，信手拈来星子云彩

放进诗歌的竹篮
瓦屋山幽，仿佛置身陶翁的桃源

2020 年 6 月 2 日于瓦屋山七里坪

樱岛·活火山

娇艳的名字，诱惑我
遐想的翅膀飞翔
内心狂野的山
失控的火焰，熊熊燃烧
高温炙烤的石头
扭曲成一头头狰狞的怪兽
龇牙咧嘴地，审视
一个个手擎绿色橄榄枝的观光客

纱巾、墨镜、口罩、帽子
集结猎奇的心理
也无力抵抗毒气的攻击
叵测的风
席卷一粒粒怪异的骇骨
似一枚枚尖利的暗器
突袭手无遮拦的无辜者
疼痛，哀嚎，尖叫
恍惚，八十年前的一段往事重现

花非花，景非景

颠覆想象的美丽
一个传说，捉摸不定

2018 年 4 月 13 日于旅日途中

鹿儿岛的风

四十小时的大海航行
茫茫无边
浪花追逐浪花，拍打着船舷
无聊之际，渴望远方的岸

喜登鹿儿岛
明媚的大地霞光万道
我举一柄蔚蓝色的天堂伞
相拥簇簇花团靓照

突然，狂风骤起
粗暴地掳掠我的蔚蓝心情
天堂伞，像一只折翼的蝴蝶
兜圈又兜圈
周旋又周旋
穿越池塘、花圃、草地
撞击夭折一棵歪脖子树妖的魔爪
俄顷，豆大的雨点
挟冰粒霰弹袭击
游客措手不及，狼狈逃窜

逼迫我们迅速登船，撤离
向着九百六十多万平方公里的大陆
返航。遥远的天际
出现一抹又红又暖的光亮

2018 年 4 月 13 日于旅日途中

阳光洒满冬月里的春天

跟随候鸟的飞翔，一路向南，向南
停留阳光洒满冬月的春天
曼沙古寨，白孔雀玉粒姑娘
带领远方的客人
穿梭绿树、草地、吊脚楼阑珊
炉火燃旺主人的热情
银铃般的声音一层层拆解
岁月的胞衣
一个刚直的橡胶林与妖冶的罂粟花
斗法的故事浮出水面
完美地再现，古寨从白粉到白银
华丽转身的传奇

银钗银簪银镯银戒
银碗筷银杯盏银腰带
其美其韵其疗效，一再渲染
殷姐捧回一只银碗
萱妹中意银杯盘
我腕戴白莲花银镯
为灵巧女儿添一串如意珠银手链

相遇，犹如千年的一次回眸
留下一段美丽的缘
我来过，捎走傣家的原汁原味
珍藏西双版纳的银器、阳光和春天

一座佛塔，袅袅青烟
菩提树下，落定尘埃
祥和、幸福、安康
融入环绕的溪流，闪烁粼粼银光

2018 年 1 月 30 日于西双版纳

挥之不去橡胶林

八十棵橡树的乳汁
养育一枕
八百棵橡树的精气
托举一床垫
我与你相偎相依
杂陈五味，呢喃梦语

理想和芳华混合汗水泪水
浇灌漫山遍野的橡胶林
蚊虫、毒蛇、烈日
留下抹不去的痕迹
记忆的刃，割破
手心的血泡，手掌的茧子
峥嵘岁月赋予这片土地
富庶和神秘。发酵的情节
残留绿橄榄的味道

2018 年 2 月 17 日于西双版纳

致橡胶林

生命，默默地忍受
锋利的刀刃
一次次割裂的疼痛
摧不倒漫山遍野的橡胶林
与毒蛇，蚊虫，炙烤
几番风雨几番较量之后
成熟的葫芦丝由衷地
吹奏一支支颂曲
飞越峻岭
飞越云朵的高度

注定此生，我与你缔结
同床共枕之缘
触及你心跳的速度
触及你血肉的温度
那遥远的岁月，走不出青春的记忆
撕碎，又重叠……

2018 年 3 月 10 日

绞杀树的王国

看似温柔的绿植海洋
亦是暗藏杀戮的绿色江湖
小叶榕手执霸王鞭
甩出一条条蛇形树枝
布局迷魂花篮阵
展开口蜜腹剑的拥抱
裹挟弱体，吸血，绞杀
直至一天天死亡

瞒天过海的战术
成就独立王国的霸业
百年老榕枝叶繁茂
道貌岸然的绿荫王冠
唯有岁月才明白
丛林法则的阴冷和残忍

2018 年 1 月 28 日于西双版纳

黄连是酿造蜜浆的源

盘旋万寿山的森林
手机没有网络
蛮荒的黑昼，只听见杜鹃的啼鸣
攀援悬崖峭壁临绝顶
我意外地接收到
情侣石坚贞的爱情
接收到先民廪君用火把
点燃太阳
山林的歌声雄浑高亢
唤醒大地
“太阳出来啰哎，喜洋洋哟唧啰”
土家汉子挑起扁担上山岗
为荒山野岭披上绿裳，扮美石柱林

太阳湖，一虹金梭编织憧憬
月亮湖畔，一弯银梭编织田园
勤劳的汗水勾兑黄连的苦水
酿造出甘甜的琼浆
醉美生活，醉美人间

2018 年 9 月 5 日于石柱黄水

金银花开一味药

把脉金银，成分蕴含
大地母亲的仁慈
望、闻、问、切
你是旱地甘露，芸芸众生
柴米油盐的动脉

耀眼的光芒刺盲追逐的眼
迷失罂粟花开的路上
豢养一群虎
贪进囚笼。欲念
迷恋天文数字的膨胀
不遗余力
搬运零的石头
却遗落快乐的种子

荷锄耕耘适度的土壤
开出平平淡淡的金银花朵
清心凉热一味药
降火，祛毒，醒脑

2017 年 12 月 14 日

天 道

戊戌正月初九，吉时
荒唐者以荒唐出招
借助挖掘机攀升 18 米
异想天开，拜天诞
进贡的生辰纲，含金量很纯
附加的值很高

天老爷，铁青着脸
一声怒啸，惊雷炸响
一道道闪电，劈将过来
风，依旧风
雨，依旧雨
天行天道，亘古不变

2018 年 3 月 3 日

杜鹃寻

一个漂泊的灵魂走失
另一个生命，伤心得咯血
鸣啼的时光
唤醒一片殷红的花朵
震撼了山谷的风

无论化身为花
抑或还形于鸟
终难止息，天地间
寻真的脚步
迷失的痛隔着岁月
任凭血性的火焰蔓延

2017 年 3 月 22 日

三角梅

三片叶，枕着泥土的气息
一个似梦非梦的梦
渐渐生出羽翼
像萤火虫飞舞夜幕
微弱的光
钻进荆棘密布的水泥丛林
爬上岩壁砖石的罅隙
殷红的血染红
嬗变之路
三片叶靓丽成三角梅
登上惊艳的舞台
一个个乡村姑娘
穿行城市的大街小巷
落地生根

2018 年 3 月 14 日

向阳花

时间深处的广场
大片大片的向阳花风华正茂
虔诚的脸庞始终保持仰望的角度
将忠心的表情极致开放

史无前例的霰弹
砸烂辉亮五千年的明灯
染血的旗帜搅动乌烟和瘴气
以莫须有的名义
横扫一切
峨冠博带以及古木香草
陷于黑与白的混沌
躺着也中枪
心有余悸的云朵化成了雨

历史的眼睛目睹了狂热的年代
那一页，刺痛我灵魂的软肋
抑或翻过了岁月的山梁
亦翻不过我记忆的坎

2018 年 5 月 18 日

西昌印象（组诗）

邛海

阳光下，邛海
袒露出迷人的胴体
静谧的深闺中
她无须设防，无须担忧
来路不明的风掠过
或变幻如魔

海的蓝
像澄净的明镜
天空的行云
亦停止了流动
唯恐惊扰睡美人的安静
我不由自主地
融入水天一色
交出浮躁的心

观鸟岛

柔情的海
收容纤纤芦草
众树临镜
梳理季节留下的羽毛

鸥鸟喙衔一片片阳光
翩飞枝头欢筑巢
翅拍涟漪
将惬意一点点
传递给岸
及岸上的人群

西昌月

西昌的月
采撷高原的纯绿
西昌的月
清浣邛海的碧水
濯洗滋养，圆而明亮
我伫立杨柳岸边
心潮逐水鸟飞翔

太白醉酒吐乡愁，抒怀

惆怅的明月
东坡起舞弄清影，寄托
深情的圆月
微微清风撩拨我
漂泊三十年的弦月
浮想联翩

一束束火把激情燃烧
点燃彝人的奔放
火了凉悠悠的山
暖了异乡人的心田

2016 年 12 月 25 日于西昌

俄罗斯游记（组诗）

巡天

乘大鹏，巡天
万米高空，手指破苍穹
划云海，飘飘欲仙

遥想神话传说，一个筋斗云
十万八千里
而今，东半球到西半球
犹如地球村客串乡邻
弹指一挥间
不再是神马浮云

行至黄昏的边缘
虚与空临界，逍遥神游
与庄子交谈甚欢，不亦乐乎

红场漫步

漫步红场。我在寻找当年
闪电霹雳的痕迹
那呼啸的热浪狂潮
被时间掩埋历史的深处
或藏琥珀内核
或风化成嶙峋的岩石

命运的脚步
几经风云，踌躇摇摆
迈进初春的门扉
来自底层的草正萌动着绿意
白鸽像一片飞翔的云
成为注目的亮点
红色不再是红场的基调
鲜花、音乐、喷泉
闪烁的霓虹
丰富了俄罗斯的色彩

教堂的钟声响了

寒风凛冽
挡不住虔诚的魂灵
光亮的烛火

照明黑暗中的困惑

秉烛前行
泅渡苦难的暗河
亲吻上帝的那一刻
邪念渐渐闭合
愿圣水洗去污垢
挽留纯洁的善良

此刻，教堂的钟声响了

阿尔巴特印象

阿尔巴特的车辙
压出一条 800 米的长街
莫斯科精灵组合的方块石
铺就 500 年风情
普希金的诗歌点燃
路边的铁质罩灯
托尔斯泰的光芒照亮书屋
酒吧、古董首饰、时尚装饰店
云集熙熙攘攘和繁华

黑人店员用刚烤熟的中文
引流一群黄皮肤黑眼睛，放出套娃
瓷器、披肩和皮帽的诱惑
把玩望远镜的我，扫描一枝细节

一个中年人，健步上前
搀扶起突然摔倒的耄耋老人
走向长椅，紧张的我
担忧碰瓷的恶之花伸出爪牙
而一切像树木生长绿叶般自然
未萌芽毒之状态
回想起漂亮的小男孩
拾金不昧的画面
迎面吹过来一丝淳朴的风

阿尔巴特街镌记出一幅
线条清丽的俄罗斯风情版画

2017 年 6 月 3 日于俄罗斯

拜读山川

三月的桃花露出惊艳的笑靥
和煦的春风
轻轻地撩拨我的裙摆
按捺不住驿动的心情
我身披一帘白云，悠悠远行

拜谒武侯祠，品读三国的传奇
仰望参天古柏如碑矗立
几翩鹭影
从府南河掠过望江亭
恍惚飘过来
文君相如弹拨琴瑟和鸣
一枝枝铁杆海棠
举起词牌绽放锦里
绯红的色彩写意傲娇的姿态
流连浣花溪
观沧浪之水吟诵诗篇
不朽的文字萌发出新意

上清宫天师洞伏藏青城山谷

精辟地注解
道法自然的黑白两极
静思悟真阁
回顾我的人生之路
有过跋涉的疲惫，也有跌倒的疼痛
此刻，恨不能跳入清澈的邛海
濯洗红尘，融入水天一色的宁静
旅行五洲，游历四海
奔跑在天涯海角的白玉沙滩
一串串欢声笑语
追逐朵朵浪花盛开
山中有景，水中有画，心中有诗和远方

北国风光，冰雪皑皑
大江东去，惊涛拍岸
银河翻腾，宇宙浩瀚
时空充满不测的变幻
历经地动山摇，洪水泛滥
飓风掀起狂澜，闪电撕咬黑暗
人类，不过是一粒粒渺小的尘埃
拜读山川，直面人生
坦然地接受暴风雨的洗礼
泪水与敬畏不停地交错替换
生命就有了脱胎换骨的质感

拜读山川
江河海洋蜿蜒我生命的长度
草原大漠辽阔我生命的宽度

山峰峡谷磨砺我生命的硬度
日月星辰升华我生命的高度
一盏心灯被执念点亮
残雪暮冬
傲然挺立的蜡梅花暗香浮动

2020 年 12 月 28 日于蓉城西子香荷

第三辑

拜读岁月

昂头的龙舟

五月初五，汨罗江涛声汹涌
拨开艾草，打捞石头
送去温度滚烫的米粽
我听见，你用整个胸腔吟咏
离骚长调，回声低沉而旷远
你长发披肩，喉咙里有冰山也有火焰
诘问苍天的一个个问号
像一刃刃刀锋，划破天的威严
你把抱负，押在一团扶不上墙的泥土
傲骨也难以支撑，失去基石的王朝
鸦啼依稀，残阳如橘
失血的橘下，漂泊一叶苍凉扁舟

五月初五，你灵魂的火焰
燃烧到太阳的高度
被无数的怀念和仰望举得更高
这一天，我们集体用雄黄祛毒
用江水洗浊，驱逐邪恶
你冷成严峻的目光
与黄河咆哮击拍应和

怀抱明月，厮守这漫长黑夜
用骨头豢养一道道锋利的闪电
而裹着闪电的苍鹰
一次又一次地俯冲黑暗
向腐朽宣战，它无惧的眼里
闪烁着一组悲悯的汉字：祖国

五月初五，每一条江都是汨罗江
翻滚着诗歌的浪潮
每一条船都高昂着龙头
载云旗，擂战鼓
像一支支离弦的箭镞
乘风破浪，冲向梦想的远方
临近江边，我与穿梭的游鱼
探讨江水的清浅与时代的变迁
用一支笔，放逐离愁
穿越千年的疼痛
大浪淘沙。端午的传统符号
植入民族的血肉
还原一种精神能量，闪耀
金子般的光芒

2017 年 4 月 15 日

鹰搏长空

5 月 14 日，沉浸“5 · 12”大地震十周年的
痛苦碎片，还未散尽
灾难又一次袭击四川！
崇州 9800 米高空
一把无形的枪扣动扳机
3U8633 航机的挡风玻璃，爆裂开花
风的魔爪把驾驶拉向
超时速 800 公里的旋转黑洞
疯狂地撕扯鹰的羽毛
严重失压，严重缺氧，严重噪声干扰
银鹰失去动力，失去血色，失去航向

零下 40 度的雪域高原
连绵的冰山，举起锋利之剑
等待急速下沉的大鸟

千万枚钢针刺痛眼膜、耳膜
皮肤、意识
惊慌失措的情绪，像急剧膨胀的气球
乌云笼罩恐惧和哭泣

负伤的川航机长，攥紧操纵杆
攥紧 128 条生命的纽带
沉着、镇定，以智慧和勇气
搏击长空
命悬一线，惊魂 20 分钟
迎来化险为夷的彩虹

奇迹！
人类化解鬼门关隘的奇迹！
朝圣布达拉的善者
梵歌穿云，旋转经筒
祈福景仰的英雄

2018 年 5 月 18 日

己亥四月的悲泣

——沉痛悼念护卫木里森林的英雄

我们砥砺挺过戊戌的风雨
却抑制不住己亥四月的悲泣

蛇形的光剑刺破木里的天空
一粒火星点燃烈焰
炽热的险情就是战场
勇士果敢地冲进燃烧的森林
与山火搏斗
狡黠的风魔突然转向
疯狂地扑向灭火的英雄
吞噬一片绿荫葱茏

三十一位英魂化作三十一棵青松
苍劲，我们心中的丰碑
漫山遍野的红杜鹃
啼血我们的怀念
没有你们的负重前行
人间的岁月，安能静好？

2019 年 4 月 4 日

追　日

黑夜淹没沿途的风景
除了初心
行囊空空如也
马不停蹄
急促而有力
一场意志与时间的较量
只有起点，没有终点

追日的人，风餐露宿
奋力甩掉夜的黑衣
把晨曦握在掌心
试图握住掌心的命运

2017 年 12 月 6 日

生如夏草

酷夏的太阳，高高在上
放出火焰炙烤大地
厄境中的你
把悲伤留给内心
留给孤独的夜
以渺小支撑苍天赐予的泪
当鸟鸣唤醒第一缕晨曦
草根的泪，怀柔为韧
托举信念，善良和来自大唐的颂词
风一吹，又是一次涅槃重生

来时是草，去时是芥
长短都是命
微而不卑，低而不贱
苦乐都是生活

有一种绽放，叫苔学牡丹
有一种隐忍，叫生如夏草

2018 年 5 月 6 日

夏　日

湖边，一茎青草
犹如我，从低洼伸出的纤纤指尖
触及碧水，曳破一湖明镜
裂碎宝石蓝天
欲望蠢蠢而动
去追逐漂浮的云彩

看不见的风
时顺时逆，时而疯狂不已
何时能到达金秋的意境
山道上
树影斑驳，月光清浅，偶遇鸟鸣
匆匆的脚步
走过一条又一条路
心仪的风景
横亘曲曲弯弯的急流险滩

2020 年 6 月 12 日

时间的背影

手中的画笔涂鸦从前
留痕一抹冷色冰凉心房

一念焚毁黄手帕的轻薄
一念寻觅月光沐荷的传奇

缪斯女神的声音叩击柔软的地方
料峭铁枝的海棠，燃起灵魂的火焰

依偎文字取暖，点亮心中一盏灯
轻拂柳枝吟咏，遥望红枫抒怀

耳畔传来鸥鸟的啼鸣
大风来兮，碎雪浪花也诗意

时间的背影把惘然遗弃沙滩
日子慢慢把厚重结集

2019 年 8 月 28 日

挂云帆，济沧海

端午豢养诗歌的浪潮
风雅集聚雄飞
上高台，吟诵盐都 C 大调
从高亢激越中
捕捉音符的骨感
龙乡才子承袭巴蜀古风
扬李杜云帆，济沧海

以井盐增力内功
反复推敲的声音，惊醒弦月
灯彩的光亮磨砺锋芒
收割一束束香芷蕙草
芬芳，一分予己，九分溢野
抑或，失落一些文字
一半翠绿小草
一半滋润行程

2020 年 6 月 23 日于雄飞假日酒店

诗天府，我想对你说

你的姓氏，荣耀天府的门楣
无冕之王的底蕴
源自古蜀的沃土
继汉唐遗风，承宋明雨露
抒天下情怀，纳百川
汇流三江，奔腾不息

泰斗如日若月
辉映天府的天空
一群激情飞扬的星子
掸拂红尘，摒弃喧嚣
追梦，觅远方，远方……

2017 年 12 月 25 日

漏网的鱼

试图从三聚氰胺地沟油的
包围中，逃窜
远离形形色色的美发厅按摩店
避免，横生祸端

色情、谎言、暴力
充斥一张无形的网
乌鸦的聒噪布满荧屏
我每天不停地清扫垃圾信息

慌慌张张，东碰西撞
试图做一条漏网的鱼
游向清静的心境海洋
将一枚枚文字，种植云朵之上

2017 年 3 月 18 日

史　书

笔墨亦浓，亦淡
笔锋亦正，亦斜
笔管，或媚或躬或屈
或戴着镣铐挥舞

一页一页划过，就改朝换代了

不可小觑
茶楼酒肆里的说书人
惊堂木一拍
蹦出些许，史书遗漏的章节
触目惊心！

风吹，草摇曳

2019 年 1 月 18 日

种一颗思念的月亮

剪一帘星辉作引
拢三五两菊英为土
播一缕心绪，种一颗月亮
采清露少许，撷思念浓施

舀七八勺乡音水
添百十碟乡愁料
倾一腔浓稠乡情
酿造八月十五的琼浆
不提三杯，两盏已醉了

孤独的黄花瘦影，路遥还乡
泪珠润湿一行野草
我将漂泊三十年的月亮
举过李白的杯盏
东坡的墨砚
融入缱绻缠绵的诗行

挂上丹桂的树梢，馥郁芬芳
游子一生的时光

2018年9月24日　戊戌年中秋之夜

鸿雁翩飞

——致继红妹

生逢饥寒横溢的荒原
一只鸿雁嗷嗷待哺
渴求一勺米粥滋养，凸显最大的奢望
清影摇曳，映照雏弱的翅膀
沿袭命运的走向，飞越重重叠嶂
从山城落足川东贫瘠的山坳

一边压腿、下腰、拿大顶
撕扯筋骨与疼痛的芳华
一边沐浴风风雨雨
梳理孤独稚嫩的羽毛
你以羸弱之臂，举蒲公英之力
托举鸿鹄翱翔的梦想，飘荡
不忘初心，追逐光亮
不沉湎阴霾的缠绕

小花旦，激越的川剧高腔
唱给自己，亦唱给岁月
以坚韧穿行荆棘密布的丛林
穿行生净末丑的变脸，和人间万象

采撷春风，铺三尺讲台
汲取雨露精华，辛勤浇灌
桃李盛开，满园芬芳
夕阳西照，霞光为云朵绣出一道道
金色的边，一只鸿雁翩翩
炽羽翔舞彩云之间
迎来瑰丽光焰
人生意境更加辽阔而悠远

2018 年 6 月 9 日于蓉城锦地

玉色晨曦

天意赐予，你用辛苦孕育珍珠
起早贪黑奔波生计
躁动提前七天昭告六月
雨夜 22 时 10 分，一辆小车疾驰医院
繁复的检查
各种文书的紧张签署
完毕。一辆担架车推进产房
搏之战拉开帷幕

窗外，雨裹挟着风，冷气袭人
长夜漫漫，木椅长凳
铺满亲人的期盼
出公差的为父者远在千里之外
牵挂，把夜逼仄成一线天

隔着银色的铁皮门
同时断裂 20 匹肋骨的疼痛
挽紧心结，伟大的母爱
迎来吉祥的卯时　5 时 58 分
一声天籁，惊破黎明

一枚晶莹的珠贝
如一缕玉色晨曦
照亮山子，照亮竹林
血脉充溢根，茁壮而辽阔

2014 年 6 月 24 日

倾 情

白驹过隙，鬓发染霜
那不仅仅是岁月浸染的霜
我将时光的光照
从田野、山川、键盘、文字
迁徙到自留的一亩三分园地
倾情幼苗的生长

清晨，小外孙背着书包
蹦蹦跳跳地远去
像一只盘旋的风筝，扶摇飞翔
我手中的线
松一米，紧三分
欲放下，又委实放不下
亲爱的宝贝
走不出我深情的目光

2019 年 5 月 9 日于蓉城

谁在我的体内种植了雷

谁在我的体内种植了雷
疼痛的风，穿肠过肚
如锥刺如烈酒
空气、食物、水源
似乎都难以避嫌
凶手，似乎无处不在
凶手，又似乎并不存在

无助，无力，又无奈
翅骨已折，再也飞不起来
生在左，死在右
生与死剑拔弩张，对峙搏斗
我祈求上苍，借助中药的神力
与病魔握手和解

或一起携手天堂
或一起回归土地
或一起灰飞烟灭

2017年6月25日

生活，逼迫梦想与浪漫

骨刺不断增生，逼迫头颅低头就范
就像生活，逼迫梦想与浪漫

住院二十余天
针灸、理疗、火罐
激光枪射击痼症
草本药液熏洗顽疾
冲刷体内的执拗和垃圾
遥想秦朝的始皇帝
幻想长生不老，痴迷四海觅药
谁能抗拒自然的规律

生命流逝，落花飘零，归去归去
我的长夜，凉风萦绕
蒹葭苍苍，一声声寒箫
倾泻天际

2018 年 12 月 18 日于自贡中医院

骤起风暴，掌纹线摇曳凌乱

骤起风暴，掌心里曲曲折折的
掌纹线摇曳凌乱
毒瘤之花扩散的细胞
乘虚之危，跋涉肠道漂泊血管
抵达肺叶安营扎寨
你满头的青丝，似枯叶飘散
痛苦的痕迹
烙印生命的底版

你，从不对生活说命运的苦难
坦然地面对命运裸露
生活的质感
风暴中，一只海燕冲破闪电
穿行昨天今天，以及
变幻的明天
转圜生与死的边缘

2017 年 8 月 18 日

犬吠别鸡，迎春

丁酉鸡喙啄破我的流年
毒瘤之花肆无忌惮地泛滥
亲人中招，受困于无影灯下
利刃与风险周旋
任凭柳叶刀游弋血肉之间
谨慎的日子如蜗牛
小心翼翼地爬进公元 2017
那险恶的 7，陡峭如坎

除夕夜，祈愿引燃爆竹
我从散乱的碎屑中
捡拾一根根苦难的骨头
煎熬心灵鸡汤。以毒攻毒
犬吠，别鸡，迎春
姐妹们端出一碟碟亲情的菜肴
言说谷雨，蜜蜂和秋

2018 年 2 月 16 日　戊戌年春节

冬　至

肩扛顽疾
我不怕寒冷的风刺骨头
我恐慌
失去亲人的悲痛
像一把利刃
一刀一刀切割
我的日子
沦陷最凛冽的冬

深幽的天穹
生命陨石一颗颗滑落
重创我的人生观
我迷惘，面目全非的疮痍
彷徨不安的旋涡
踌躇最漫长的黑夜
但，我并不回避
生命与黑暗
在彼此中磨砺

2018 年 12 月 22 日 冬至

芦荻水岸

无情秋风似剪刀，剪断
枝与叶的缠绵
孤独的痛苦，消瘦成
一镰弯月，滑落
无边的暗夜，寂寞收割
遗留的情殇

孑然一身影，伫立芦荻水岸
乌云锁惆怅，芦花轻飞飏
我翻遍所有的夕阳
抵达记忆的根须
你端来寻常的日子
一饮一食，沁脾，清新
微闭双眼，我拼命地呼吸
那熟悉的烟火气息
似梦境飘逸
只叹雁过也，晚来风急
怎抵得，遍地思绪堆积

2019 年 11 月 11 日

七佛塔苑

秋风萧瑟，大地一片苍茫
七佛塔苑，燃烛点香
虔心静待圣洁莲花徐徐开放
七个儿女簇拥慈母灵牌
魂升九重云霄
喜逢百年老父，相聚极乐天堂

苍穹褶皱了泣血鹃语
九十四载春秋，伏藏百年沧桑
谁让千辛万苦的脚步劫难凛冽的冬
以羸弱之体与病魔搏斗
病榻四百四十五个黑夜白昼
孝敬终究熬不过烟花飞谢，灯灭油尽

七枚悲菊，举泪眸凝望
空中层层祥瑞光耀
一对仙鹤翩飞云霓之上
两棵苍松倚靠长青华岩寺旁

古庙诵经，溪水禅音
晨钟暮鼓声声，旷世的呼唤袅袅

2018 年 10 月 21 日

年　味

是悬挂在屋檐下的红灯笼
是张贴在玻璃上的喜窗花
是欢庆的爆竹
是温暖的火炉
是原汁原味的九大碗
是开开心心的划拳令
亲情，像热气腾腾的饺子
越粘越紧
日子，像饱饱满满的汤圆
越裹越甜蜜

年，是一本老皇历
根深叶茂的中华五千年文明
蒂固海内外华人的心底
缠绵三百六十五天的相思
凝结成一枚中国结，火红浓烈

2019 年 2 月 5 日　己亥年春节

立　春

新锐的芒射向大地
冬，举起白旗
匍匐春姑娘的石榴裙底
凛冽的风收起箭镞
轻轻地吹拂山川河流
花花草草萌动渴望
披上靓丽的绿衣
百灵鸟婉转地啼鸣
万物从沉睡中苏醒

生命的舞台
你唱罢，我登台
该去则去，该来还来

2017 年 2 月 1 日

春寒逆袭

初春的花蕾，沉浸
温馨的梦境
败退的冬，转身一杆回马枪
挑断多少高调的脊梁
白茫茫的风雪
掩盖了真实的大地
凉气直逼丹田
刺痛现实的骨感

寒潮逆袭，亮出利刃
满园的盎然摇摆
危险，在刀光剑影之处
也在莺歌燕舞之时
花蕾耷拉着头颅
内心的煎熬，纠结于
梦醒时分

2018年3月24日

惊　蛰

雷公驭灵骏疾速奔驰
一滚滚炸雷轰响
蛇形的蓝剑刺破苍穹
惊醒蛰伏一季的虫蚁鸟兽
慵懒地沉湎
生发蓬勃的气象

缓缓行至黄经 345 度
太阳老人把仁慈的光芒
洒向大地，鹅鸭嬉戏
黄鹂鸣翠杨柳
一袭白衣飘逸的李子花
携桃红姑娘靓丽登场

祭白虎，打小人
炒豆“虫”，送别“梨”
人间烟火，飘飘袅袅
布谷，布谷，牛勤鞭响
耕耘一垄垄春的诗行

2018 年 3 月 5 日

寒 露

中秋降下帷幕，月光
日益淡漠
背负行囊的游子
短暂团聚之后
依依惜别亲爱的家乡
就像漂泊的叶，惜别
根与树

银杏披一身黄金甲
立于田野村头
竭尽全力，护卫
孱弱的小鸟
抗衡愈来愈冷酷的秋
眺望南飞的雁
乡村洒满思念
翘首企盼，冬月里
火热的年

2018 年 10 月 7 日

网，或落寞的熙熙攘攘

尖声呼叫。摩托车
背负着大大小小的纸箱包
驶过闹市的街道
两旁的店铺纷纷垂下门帘
如同觅食的鸟儿垂下翅膀
头顶瑟瑟的秋风
提前进入严酷的寒冬

一股强势的电冲击波
巨大的杀伤力
像一张无形的网
网走了繁华
网走了人气
网走了一个熙熙攘攘的年代

落寞的实体店像落寞的落日
走向落寞的黑夜

留下一片萧条的背影
一个落寞的传说

2021 年 12 月 25 日于盐都

迟　暮

生活端出洗手的金盆
请刀枪入库，笔墨搁浅
诗和远方转了一个圈
又回到起点

年逾花甲的老骥，总是
不安分伏枥
铁蹄踢踏不息，文字的符号
飞溅四溢

迟暮正在滑向黑夜
依然不言放弃
我似乎病得不轻
执着也是顽疾

2020 年 5 月 27 日

远　方

怀抱初心的翠绿，苦苦地追寻
播种熹微初露的黎明
吮吸青草的珠泪，吞咽荆棘的刺
风，缭乱霞的裙裾
吹拂冷落的荒原
我寻觅夸父的足迹
一路星光依稀

文字，从脚下的土地蹦出来
排列矩阵，罅缝间
一缕思想的光亮，穿破求索的云层
三角梅如火如荼，向远延伸
我貌似看到——远方
似有步履回归的甬道

2018 年 4 月 21 日

拜读岁月

时光灵骏，是远方的逐梦者
任凭山崩的石头砸向它的后腿
任凭地陷拖拽它的缰绳
谁也无法阻挡，它恣意的狂奔
无须揶揄岁月的无情
无须谴责时光的无义
抑或沧海变桑田，桑田变沧海
不过是自然的一场雪月风花的轻描淡写
亦可以解读为
宇宙的一次次任性游戏

我站在时间的斑驳处
聆听花开的声音
聆听春华秋实五谷丰登的声音
聆听街道陌巷城镇闹市熙熙攘攘的声音
尤难忘，地动山摇
那些坚守废墟上的生灵
重建温馨的家园，索玛花开遍荒原
尤难忘，洪水泛滥
大爱的臂膀强力擒缚蛟龙
锁紧江口，护卫生命的堤坝安然无恙

尤难忘
白衣天使悬壶济世，拯救苍生，播撒大爱

拜读岁月，听时光的音响
时而静好如一泓碧玉的镜湖
时而咆哮似一条湍急的河流
时空隧道充斥一片浮光掠影
福兮祸兮，相偎相依
那些难以追述的久远的童话
关闭一场大梦的回音

拜读岁月，遥望时间勾勒的背影
变形的指尖触及我染霜的鬓
有的路，走着走着就没了
有的人，走着走着就走失了
也许，只有精神与时间抗衡
有的人死了，却永远活着
活成人们心中启明的英雄
也许，只有季节的轮回
缠绵时间的婉约
然此季似彼季，此季亦非彼季
犹如古希腊哲人赫拉克利特名言
“人不能两次踏入同一条河流”
时间，这冷漠的老者
已悄无声息地偷窃我的大半生
一朵落花飘零坠地
时光荏苒，愿君且行且珍惜

2020 年 10 月 28 日于蓉城西子香荷

李清照

梅花、莲藕、海棠、细雨，皆是闺蜜
你从岁月的提篮，拈来文字
信手组合易安奇句，一个婉约派偶像
诞生

国破山河碎
你的秋千你的家园乃至你的欢颜
付之战火的蔓延
接下来，颠沛的行程
与内心流离的行程
凄凄惨惨戚戚，怎一个愁字了然

荒草衰烟，乱鸦斜日
你用苍凉浇灌的黄花
一天更比一天瘦
而笔尖的风骨，似傲然的松竹
一天更比一天硬朗

月光淌过时间的长河，大浪淘沙
崇尚宋词的粉丝
依然拜倒在你的石榴裙下

2017 年 5 月 15 日

薛　涛

你精心捣研的芙蓉花汁
浸润桃红纸笺
随手拈来一片青翠竹叶
与心情调和
泼洒笔墨丹青，清清浅浅

我穿行萧萧竹林
挽起一只灵性的桶
打捞沉淀古井的诗句
炫目如星。信步闲庭
登上望江楼台，仿佛听见
才子佳人的和弦
曲与赋飘逸府南河
诗与歌流淌浣花溪

在古蜀成都
有一口井，名薛涛井
有一方笺，名薛涛笺

2017 年 5 月 21 日于成都望江楼

蔡文姬

狼烟骤起，战乱掳掠
所幸你才华的光芒
穿越隔阂的鸿沟
照亮囹圄的岁月
胡笳一唱三叹，拍击戈壁沙滩
望断南飞雁，悲鸣长天

十二载枯荣挡不住承继父志
跋涉崎岖的山路
用心寻觅，捡拾一颗颗散落的
文脉遗珠，奋笔串联
四百名简，诗词歌赋
奇女子才高八斗
高过须眉
高过传奇的风云

2017 年 7 月 5 日

昭君曲

宫廷画师构陷的一点墨
点出人间世道的一片黑
玷污不了出水莲花的姿色
秉承莲的高洁

草原，戈壁，沙滩
明月照天涯，马蹄声咽
你一边弹拨琵琶弦音
一路播撒和亲的种子
以柔弱的香肩，担负千钧重担
低眉，温情，卑躬，屈膝
可否换来刀枪入库，马放南山
问苍天，可遂人愿？

2017 年 5 月 7 日

卓文君

一曲《凤求凰》叩开芳心门扉
爱之舟蜿蜒潜行，余音袅袅
离不开粟禾的滋养，当垆卖酒
夫唱妇随是爱情的曲酵

《上林赋》飘然云端，乐不思蜀
你从岁月的酒缸
打捞出沉甸甸的一个“忆”
音符和文字酿造的爱
相濡以沫浸润的情
汇成一首《白头吟》
唤醒沉睡梦乡的人

世风吹拂，耳闻目睹
一路牵手风风雨雨的季节
留下无数深度的“忆”

叹息别离时，像云像雾像烟岚

轻轻地随风飘散

2017 年 5 月 10 日

月下的窗

伫立月下的窗，仰望夜空
举起思念的酒樽，泪眼婆娑
敬一杯月亮，揽一束星光
故乡之情泛滥，肆无忌惮地
拍打着记忆的岸
丹桂的清香弥漫时空的隧道
心潮澎湃

回忆是甜蜜的伤口
时间是愈合的良药
我的人生犹如曲曲折折的小河
翻腾一叠叠细碎的浪花
夕阳西下，一只倦飞的鸟儿
像一朵飘浮的云彩
流连山城之巅，陶醉故乡的婵娟

2022 年 6 月 18 日于成都

昙　花

漆黑的夜晚
美丽悄然展现
浓浓墨色也掩不住
天生的丽质
微风荡起轻涟，黑暗中的灵魂
抑制不住地颤动

你的心事，无法向太阳诉说
让试图解读你的人，无功而返
蝉虫鸣叫，一声声叹息
月亮是你唯一的知音

云儿飘飘，黎明的马车由远及近
你悄然闭合
矜持而高贵的心扉
这一夜，终究是一个不平静的夜晚
乳白色的倩影如梦如幻
随雾淡淡弥漫

2021 年 6 月 5 日

太阳灸

夏日的太阳
举着格外热烈的温度
给世间送来礼盒
在阳光下接受阳光灸
据传源自博大精深的中医学

万千锋芒刺透肩背抵达内心
一股光明的能量顺着脉络
运行，似一团火焰
炙烤累积的寒湿，焚烧
灰暗的物质
驱逐浊气、戾气、邪气
不亚于一场脱胎换骨的修行

心有阳光花儿自开
微笑扛过风雨雷电
那树枝上一个个生命的巢

传达出感恩的啼鸣

婉转如我的心声

2022 年 7 月 9 日

诗歌的回声荡漾时间的长河

（后记）

山峦起伏千层翠，江河奔腾万舸游。在祖国西南的丘陵地区，矗立着一座赛博朋克的魔幻都市，高楼鳞次栉比，道路盘山钻地，桥梁险峻交错林立，长江、嘉陵江水环绕城池，汇聚港口朝天门，浩浩荡荡向东流逝。20世纪50年代中期，我出生在美丽的山城重庆，从小聆听解放碑洪亮的钟声成长，跟随共和国的步伐前行。我先在自贡市贡井文化馆担任美术专业辅导干部，后调入市级机关从事宣传工作。从手执七彩调色板泼洒笔墨丹青到编辑小报，天天与文字亲近，因热爱文学而引燃诗兴，情不自禁地拜倒在缪斯女神石榴裙裾下，缔结不解之缘。其中一段时间由于忙碌工作学习和生计而笔墨搁浅，之后又重新捡拾起来继而勤奋耕耘，早已过不惑之年，写作反而随心所欲。

2016年，在著名老诗人李加建老师的鼓励下，我将前期创作的148首诗歌结集出版。当时8月的自贡，持续高温，八十高龄的李老师不辞辛苦，冒着炎热酷暑为我的诗歌专集《心执一盏灯》作序，并为我诗集的出版事宜给予了极大的支持和帮助，让我感动不已。值此，再一次向李加建老师致以深深的谢意！

当年，在李老师的悉心指导下，我与诗友陈学华、韦义陶、黄德涵、任德生、游建慧合作出版了一部诗集《六弦琴》，李加建老师亲自主持编撰并作序，在文学界引起强烈反响。诗友任德生是市检察院的一名检察官，热爱诗歌，热爱文学，是一位非常热心的召集人，他经常邀约众诗友聚集李老师门下，品茗论诗。李老师通过自身曲折的经历，剖析人生哲理，传授创作经验，以广阔的胸襟，旷达的情怀，坚强的意志，将苦难转化为写作的源泉和动力。书山有路，学海无涯，功夫在诗外。他反复告诫我们，要多读书，把书读透，读书破万卷，下笔才有神。他告诉我们，要搞清楚写作的目的是什么和为什么写，写什么，怎么写，这一文学创作的本质命题。诗人不光要记录生活，表现生活，还应通过作品反映生活的本质，承担起神圣的使命和社会责任。他将其归纳为五点：背靠传统，面向世界，做中国的现代诗人；关注人间苦难，永葆悲悯情怀；坚持特立独行，拒绝外力修改；恪守自己的艺术追求和个性表达，不为时尚所左右；勇于承担中国诗人的历史使命——为历史揭示真，为生活伸张善，为人间创造美。诗友们聆听教诲，思维活跃，讨论热烈，探索商榷，理念碰撞，灵感迸发，诗意奔放，不断写出新作，互相交流，互相学习，互相探讨，互相促进。有的原创作品在各级报刊网站上发表，有的在各种征文比赛中获奖，有的出版了诗歌专集，勤奋的耕耘换来硕果累累，迎来了金色的收获季节，那是一段难以忘怀的时光。

潜心拜读李老师馈赠的诗集，我常常思考李老师关于文学创作的命题，借此略谈一下我粗浅的体会。首先，是为什么写？我认为，人生在世，除了吃喝拉撒基本生存的物质生活以外，必须要有精神信仰。信仰是一个人的精神柱石，神圣而不可或缺。没有精神信仰的人，如同只会走动的没有灵魂的躯壳，如同行尸走肉一般。《尚书·舜典》记载："诗言志，歌永言，声依永，律和声。"诗歌，是人类灵魂迸发的火花而转化的心声，仿佛闪烁的星星在苍穹流转，意境深远。诗歌离不开生活，生活中有欢乐，也有痛苦；有愉悦，也有悲伤；有失意，也有奋进。生活中的所思所想，生命中的所感所悟，都可以激发诗人的灵感。把这些生活的经历、生命的感悟、理想的追求和对社会的认识用文字反映出来，集结成一朵朵诗意的浪花，汇入精神文明的历史长河，传播给世界，不失为一件有意义的惬意的事。诗歌作品是诗人灵魂的镜子，映照出诗人的经历、思想、气质、道德、美学、哲学等素养。诗集，则是诗人灵魂轨迹的留痕。我愿以独特个性的文字符号，以灵魂的情愫充盈热能，点亮一盏灯，温暖自己，照亮别人，辉映远方。

其次，怎么写？诗人要有一颗赤子之心，要葆有洞悉历史、把握时代、深入现实、不断磨砺和修炼的宏阔的精神境界。尤其在今天这个复杂多元的社会环境中，瞬息万变的形势下，具备敏锐的观察力，多读、多写、多思非常重要。多读即多读经典名著。像蜜蜂采蜜一样，吸取中国传统文化古典诗词和世界名著的精华和营养，学习和继承优秀文化的精髓，将诗歌当作语言的艺术来尊重与探索，勇于触及灵魂，去挖掘生活的真谛，去发掘生命的意义，弘扬真善美，鞭挞假恶丑。多写即多动笔写作。写自己熟悉的事情，写自己熟悉的人物，写自己熟悉的土地，写自己熟悉的生活，写那些能够打动作者心灵的人和事，做到有感而发。诗歌的语言讲究精确与精练，言简意浓，尤其不要忽略修改与"炼"字这个环节，正所谓一改一意境。唐代诗人贾岛月下推敲的故事就是修改和"炼"字的成功典范，值得我们学习和借鉴。总之，力求以作品凸现历史的厚度、时代的广度、现实的深度、思想的高度和文字的温度，以灵动的笔触去捕捉人性的质感，来表达人物内心深处幽微的丰富情感；以练达的笔触深入田野，去挖掘土地的深沉，寻迹历史的厚重，奏出时代的旋律，以飨读者。多思即多思辨考量。创作的道路和人生的道路一样蜿蜒曲折，一脉相承。时而鲜花盛开，时而荆棘丛生；时而阳光灿烂，时而电闪雷鸣；时而心情舒畅，转而面临更多的困惑迷惘。当创作遭遇瓶颈时，停留下来的反省备受煎熬，待到闭门修炼，阅读思考，在否定自我中超越自我，抵达螺旋式的上升通道时，如同凤凰涅槃，浴火重生。

文学的道路是艰辛的。俗话说，一分耕耘，一分收获。而我的体会则是，十分耕耘，一分收获。没有日积月累的练习，是无法掌握写作内部的逻辑技巧和肌理的，是无法从稚嫩走向成熟的，这个过程就像登山，道路崎岖而漫长，必须不畏艰难，持之以恒地攀登，才能领略绝妙的风景。当一粒粒诗意的文字从枝叶中蹦出来，弥漫青翠竹林的画卷时；当一行行韵味的音节如曼妙的嫩绿芽叶旋舞，从青瓷杯盏中飘溢淡淡的清芬时，那种喜悦的成就感，令人难以言表。

再则，关于写什么？写作的源泉来自于生活。山河逶迤，世事沧桑，诗人要站在历史的高度，客观的起点，深入生活的真实面目，酣畅淋漓地展示现实生活中的酸甜苦辣喜怒哀乐，既丰满又骨感，既残酷又温馨的作品，方显生活本色。

2016 年我创作的诗歌《包青天》入选四川省纪委、省监察局、省文联联合举办的《四川文艺创作工程优秀作品展》，辑入《四川文艺创作工程优秀作品选集》，为弘扬正能量，尽献绵薄之力。

2008 年，“5 · 12”汶川大地震发生后，我迅疾创作出抗震救灾主题诗歌《灾难中的手》《震不垮的民族》，前者荣获市级二等奖，后者被评为优秀作品。市广播电视台将其制作成配乐朗诵节目反复播送，起到宣传和鼓舞作用。我创作的歌词

《挺起不屈的脊梁》，经市文化馆陈燕宗老师谱曲，作为自贡市抗震救灾大型演出的主题曲目，在市中心的春华广场由自贡爱乐合唱团表演，气势磅礴，高亢激昂。演出现场，我深刻地感受到诗歌的力量，内心充满着感动。

自贡是一座全国历史文化名城，一个具有两千年盐业历史的城市，在自贡长期生活中，我对自贡产生了深深的眷恋，早已把自贡融入生命之中。那些熟悉的街道陌巷，庙堂会馆，卤井盐场，彩灯恐龙，豆花蒸笼，茶山竹林，釜溪旭水，以及那些有灵有魂有血有肉有特色有性格的凡人和趣事，历史地理和人文都成为我创作取之不尽、用之不竭的资源和宝藏。自贡，早已成为我名副其实的第二故乡，居之愈久，味之愈浓，情之愈深，恋之难舍。2020 年，我创作的《自贡故事（组诗）》在四川省文旅厅、四川省文化馆、四川群众文化学会联合举办的“欢庆华诞，献礼祖国”征文中获奖。另外，我创作的以盐都为主题的多首诗歌或发表，或获奖，或制作成音乐图文视频，或活跃在诗歌朗诵表演的舞台上。目前，我先后创作出以盐都为主题的诗歌八十余首，除了在第一部个人诗歌专集《心执一盏灯》和诗歌合集《六弦琴》里有较大篇幅的展示外，这部诗集又以五十余首面世，但仍感觉沧海一粟，意犹未尽。

道生一，一生二，二生三，三生万物。茫茫宇宙，浩瀚无垠，一个人不过是宇宙间一粒小小的尘埃。我怀着虔诚之心，敬畏之意，拜读盐都，拜读山川，拜读岁月，拜读人间，用诗歌的形式感恩给予我们生存环境的自然母亲，感恩岁月激起的朵朵浪花，感恩生我养我的土地。聆听键盘的敲击声，声声悦耳动听，宛若骏马蹄踏，驰骋辽阔草原；宛若风铃摇曳，穿越无极云海。没有诗歌的生活，好比黯然失色的花朵，我愿生活之树的每一片绿叶都面向阳光和未来，春意盎然。如今，读诗和写诗已然成为我的一种生活习惯，一种平常的生活方式。

《拜读人间》是我的第二部个人诗歌专集，收集了我近年来创作的140多首诗歌，有幸请到自贡市评论家协会副主席、作家蒋涌先生作序。蒋涌先生属实力派作家、评论家，作品多次荣获全国、省级文学奖项，其中长篇小说《穿云鸟》荣获“中国知青作家杯”全球征文一等奖，入选中国知青作家杯“十佳散文”获奖专辑，其散文、杂文、评论专集等作品收入各类当代文选。目前，正在为即将问世的又一部长篇小说《荒墟与虹》（《穿云鸟》姊妹篇）修订润色，繁忙之中挤出宝贵的时间鼎力相助于我，为此，特地向蒋先生致以衷心的感谢！同时，向一直关心和支持我的李加建老师、王发庆老师、李华老师致以衷心的感谢！向在我的诗集出版过程中给予大力支持和帮助的李自国老师致以衷心的感谢！

风鸣两岸叶，知音世所稀。常常怀念与文朋诗友一起品茗论诗、激扬文字的日子，犹如一杯馥郁的龙都香茗，沁人肺腑；犹如一枚青青的橄榄，耐人寻味，久久地萦绕心与灵。

袁继伟于自贡星河雅居

2021年4月12日